D1586557

BLISSE

Le cycle des mères

ÉCRITS DES HAUTES-TERRES

BLISSE
Le cycle des mères

STÉPHANE-ALBERT BOULAIS

COLLECTION « BIVOUAC »

Écrits des Hautes-Terres
Montagnes noires
213, chemin du lac Cœur
Ripon (Québec)
Canada J0V 1V0
Téléphone : (819) 986-9303
Télécopieur : (819) 986-8826
Adresse électronique : info@hautes-terres.qc.ca
Site Internet : http://www.hautes-terres.qc.ca

Nous remercions le Conseil des Arts du Canada de l'aide accordée à notre programme de publication.

Les Écrits des Hautes-Terres reçoivent aussi l'aide de la Sodec, Société de développement des entreprises culturelles.

Diffuseur
PROLOGUE INC.
1650, boulevard Lionel-Bertrand
Boisbriand (Québec)
Canada J7H 1N7
Téléphone : (450) 434-0306
Télécopieur : (450) 434-2627

ISBN : 2-922404-23-4

Pour Liliane et Lorraine

LE ROYAUME DU BLISSE

Le Blisse est un royaume de lacs et de montagnes, situé à des dizaines de lieues au nord d'Ottawa. À ses confins se trouvent le Caye, l'Arche, le Bonnet Rouge et Champ-de-Grâce. Loin, au nord, il y a le Cerf. Plus loin, encore, c'est le Bask, le pays des eaux troubles et de la Montagne du Diable. Au sud éloigné, il y a le Kaz, à l'est, le Wabassee, au nord-ouest, l'Aigle et le David. Mais, le Blisse, c'est surtout le Grand Lac Bleu avec ses Montagnes Joyeuses qui mènent au pays des îles.

Les Blissiens sont un peuple accueillant. On vient de loin pour goûter leur hospitalité. De hauts dignitaires étrangers passent leurs vacances dans le pays. Le Blisse est agréable. Ses habitants entendent à rire. Ils portent un attachement particulier à tout ce qui contribue à faire de leur royaume une contrée où il fait bon vivre. Et, s'ils aiment bien se faire raconter des histoires, ils adorent qu'on évoque celles du pays. Ils raffolent aussi des fêtes. Ainsi ont-ils décidé de célébrer le Grand Anniversaire du Blisse en faisant écrire une histoire des Blissiens et des Blissiennes célèbres.

On confie cette heureuse, mais, néanmoins, délicate tâche, à l'un des leurs, Francis Bernard dit l'Instruit, c'est-à-dire moi, jeune historien de vingt-six ans, fraîchement sorti d'une célèbre université québécoise au milieu des années soixante. J'écrirai pendant plusieurs mois, au bout desquels quatre cycles de « vies » émergeront de mon aventure. Mais ces « vies » que je m'apprête à révéler ne sont pas nécessairement ce à quoi tout le monde s'attend. Voici L'infirme Junius et Fortuna. Je vous les confie. Elles forment le premier cycle que j'ai intitulé Le cycle des mères.

L'infirme Junius

L'histoire se passe au Blisse, au milieu des années soixante.

I

Le maire du Grand Lac Bleu, Raoul Delacroix, m'avait demandé d'écrire le livre du Grand Anniversaire du pays. Je lui avais répondu « oui », emporté par la joie que m'avait procurée la solution de « l'Énigme Béni Tarantour ». Le Blisse m'habitait, même si je l'avais quitté depuis longtemps. On me donnait carte blanche. On n'avait pas fixé de date. « Nous n'en sommes pas à une année près, Francis Bernard », m'avait dit le maire avec désinvolture. Il est vrai que personne ne s'entendait sur la date précise de sa fondation, mais tout le monde concédait que, comme elle était très lointaine, le Blisse méritait un Grand Anniversaire. En principe, j'avais donc tout le temps que je désirais. Seule contrainte, je devais écrire un livre d'au moins deux cents pages sur les grands personnages du pays. D'office, on me nommait biographe. Et on voulait que je travaille dans les meilleures conditions.

À la demande des notables, Noémie Guiral, la tenancière de l'Auberge du Feu, haut lieu de rassemblement du pays, avait consenti avec joie à m'héberger. N'étais-je pas comme un fils pour elle ? J'avais joué souvent avec sa fille, Anne-

Marie, pendant les vacances d'été de mon enfance.

Noémie m'installa confortablement dans la
grande chambre du deuxième étage, qui donne
sur le lac. Le maire y fit porter un beau secrétaire
en bois d'érable, dans le pigeonnier duquel il
avait placé une provision étonnante de plumes et
de bouteilles d'encre. Un petit mot accompagnait
ce singulier cadeau : « Astheure, écris, l'Instruit ! »

Mais par quelle vie célèbre commencer ?
Après tout, j'étais historien, pas psychologue, et
encore moins romancier. Certes, le Blisse avait
produit des hommes et des femmes remarquables
et avait connu des touristes aussi importants qu'un
Gouverneur général, un archevêque anglican,
plusieurs sénateurs et autres politiques, mais je
n'arrivais pas à fixer mon choix. On voulait un
livre édifiant pour commémorer le Grand Anniversaire. Un livre qui jetterait la lumière sur l'in-
comparable Blisse. C'était toute une commande.
Comment m'y prendre ?

Je réfléchissais à tout cela quand le bruit
grinçant des pneus d'une automobile qui montait
sur le chemin en pierre de l'auberge me plongea
dans une vie à laquelle, n'eussent été ces circons-
tances, je n'aurais pas porté davantage attention.

2

J'étais dans une Chevrolet 1945 avec mon père et mes sœurs. Les pneus crissaient sur le gravier. Nous arrivions à l'entrée d'un pont couvert. Un homme au corps chevalin nous arrêtait. Il tendait son chapeau. Papa sortait une pièce de dix sous. L'homme éclatait de rire. Il retournait son chapeau feutre, sens dessus dessous, en attrapant la pièce, puis le remettait sur sa tête.

Il ne faisait que rire et c'était affreux. Son long nez reniflait sa joue gauche. Sa paupière droite se refermait, effrontée et clocharde. Il avait une bouche noire qui s'ouvrait toute croche. Il riait comme un fou, tout en claudiquant le long de la travée, en faisant tournoyer au-dessus de sa tête une sorte de béquille difforme. La voiture s'éloignait. Nos trois visages d'enfants apeurés restaient collés à la lunette arrière. Nous avions les yeux grand ouverts.

— Pourquoi il n'a rien dit, le monsieur ? demandai-je à mon père.

— Parce qu'il ne parle jamais, Francis. On l'a jamais entendu parler.

— Pourquoi tu lui as donné dix sous ?

— Parce qu'il gagne sa vie comme ça. Ici, c'est sa maison.

— Le pont couvert ?

— Oui, il couche sous les combles. Quand il

n'est pas à son pont, il est au cimetière. Là aussi, il fait payer un droit de passage.

— Les morts le payent alors ?

— Dans un certain sens, oui.

— Il ne te fait pas peur ?

Papa sourit.

— Tu sais, Francis, seuls Grand Léo, l'entrepreneur des pompes funèbres, et ses porteurs le trouvent amusant. Le curé ne l'aime pas. Il l'appelle « l'Homme-du-pont-couvert ».

— C'est son vrai nom ?

— Bien sûr que non. Son vrai nom, c'est Junius. Certains disent l'infirme Junius.

— Est-ce qu'il a une mère ?

— Il doit bien en avoir une, mais je ne la connais pas.

3

Junius s'imposa à moi avec une telle intensité qu'on aurait dit que le Blisse m'interpellait à travers lui. Le nom de l'infirme gardait, à des années de distance, une résonance particulière. Sa figure monstrueuse et son rire inquiétant avaient buriné ma mémoire.

J'évoquai Junius devant Noémie Guiral au petit déjeuner.

— Tu devrais aller voir la mère Gaucher à son magasin général ; elle a une drôle d'histoire sur lui, se contenta-t-elle de me répondre.

— Mais la mère n'est pas là, lui dis-je.

— Elle y est. Elle est revenue hier soir.

Il était encore très tôt quand j'entrai dans le magasin général. Le clapotement du lac et le bruissement des feuilles vivifiaient les lieux. Ces bruits naturels pénétrèrent en même temps que moi dans ce bazar où régnait le tic-tac autoritaire d'une horloge grand-père. Je m'approchai du comptoir. Une vieille dame longue et maigre, les yeux cerclés de lunettes d'or, me reçut.

— Tiens, si c'est pas Francis Bernard ! Ça fait pas longtemps que tu es arrivé du Bas, l'Instruit ?

— Quelques semaines, Madame. Je suis revenu pour...

— Je le sais. Il paraît que cela a été toute une soirée à l'auberge, l'autre soir. On m'a dit que tu avais résolu l'énigme Béni Tarantour. Je devrais plutôt dire « l'indécente » énigme Béni Tarantour. Tes études portent de drôles de fruits, comme je peux voir. L'archéo... logie ?

— L'histoire ancienne surtout.

Ne voulant pas précipiter les choses, j'attendais que la mère me demande ce que je voulais acheter. Elle ne semblait pas pressée.

— Paraîtrait qu'on t'a donné la tâche d'écrire un livre sur le Grand Anniversaire du Blisse ?

Je n'eus même pas le temps d'acquiescer qu'elle ajoutait d'une bouche tonitruante :

— En tout cas, j'espère que ça va être plus édifiant que l'histoire de Béni ?

Je connaissais la mère Gaucher de réputation. Elle parlait constamment. Les mots pullulaient dans sa bouche comme des maringouins dans un marécage. C'était tout un personnage. Son prestige de commère couvrait toute la vallée, des hauteurs du Mont Chauve jusqu'à la décharge de l'Esturgeon, et du Bonnet Rouge jusqu'au Hibou. Ses mots, même s'ils étaient un mélange de miel et de vinaigre, faisaient mouche à chaque coup. Les portraits qu'elle faisait de ses concitoyens reposaient sur des vérités que d'aucuns auraient qualifiées de médisances.

— Qu'est-ce que je peux faire pour toi ? me demanda-t-elle.

— Deux tablettes de chocolat, s'il vous plaît, Madame.

Elle se pencha et tira deux Jersey Milk de l'intérieur d'un vieux comptoir à compartiments.

— Ça fera trente sous. Autre chose ?

Je jugeai que c'était le bon moment pour attaquer. Je lui donnai la pièce, en demandant nonchalamment :

— On m'a dit que vous connaissiez l'infirme Junius...

En entendant ce nom, la figure de la mère Gaucher changea de couleur.

— Tu veux parler du fils de la Louve ! vociféra-t-elle, la figure violacée. Le sang lui gonflait les veines des tempes. Sais-tu qui c'est la Louve des îles, toi ?

— Non, balbutiai-je, surpris par la charge de sa question.

D'un seul coup la voix de la mère Gaucher avait occulté tous les autres sons ambiants, y compris le tic-tac de l'horloge. Son ton, sa force, ses notes aiguës transformèrent mon oreille en un immense entonnoir dans lequel il me sembla qu'on déversait un drame. J'avais l'impression qu'une armée de guêpes s'y était enfouie.

Ses mots, en effet, dardèrent en moi un étrange récit où il était question du pays des îles, d'une éleveuse, d'une voleuse et même d'une tueuse qui avait adopté Junius. Bref, l'histoire d'une femme effrayante qu'elle conclut en disant :

— Comme tu peux le voir, l'infirme ne peut pas être autre chose qu'un dangereux fou en liberté. Car il vit toujours sur son pont, hélas !

— Comment, il n'est pas mort ? fis-je, surpris.

— Surtout ne te mêle pas d'aller le voir, cela te porterait malheur, comme c'est arrivé à ceux qui ont essayé de le connaître. Je te le dis, l'Instruit, l'infirme est infréquentable !

Les exhortations de la mère Gaucher eurent plutôt l'effet d'une bombe. Moi qui croyais que l'infirme était mort ! Je partis, anxieux de constater sur place si vraiment Junius portait malheur.

4

Le ciel était devenu plus sombre. Le nordet s'élevait. La houle s'échinait sur les rives du Grand Lac Bleu. Ce vaste chant lacustre rythma ma nervosité. Cela faisait des années que je n'avais pas pris le chemin qui mène au pont couvert.

Je longeai à pas rapides la baie des champs, la côte de l'auberge et la colline du cimetière. Je marchai ainsi pendant plus d'une heure sur le chemin de la Tour. Comme j'arrivais au golf du Lismore House, je croisai Grand Léo, le long entrepreneur des pompes funèbres, et son gros chien Café. Grand Léo mesurait six pieds huit pouces et demi. Il me fit un effet étrange. Il semblait d'une hauteur infinie. Il me salua lentement avec un sourire en coin. Je lui rendis rapidement son salut. Puis l'orage éclata.

Un gros coup de vent balaya la plaine du golf. J'étais à cinq minutes du pont couvert. Je courus de toutes mes forces. J'étais littéralement secoué par la tempête. J'avançais avec peine, tête baissée. Soudain, je frappai quelque chose de mou. C'était le ventre de Junius. Un rire effrayant couvrit alors la scène. J'eus très peur. Je levai la tête. L'infirme occupait le centre de l'entrée de son pont. Il était très impressionnant avec son corps trapu et son énorme béquille. Il avait le chapeau tendu. Il attendait son dû, en riant tout son saoul. Je lui remis une pièce, puis je repris mon souffle. Il tendit à nouveau son chapeau. Je compris qu'on ne se reposait pas sur son pont à moins d'en payer le prix. Je lui donnai une nouvelle pièce, cette fois plus grosse, qui eut l'heur de lui plaire. Il tourna la tête de tous bords tous côtés.

La tempête déchirait maintenant l'air. On entendait la pluie marteler les bardeaux de bois de la toiture. Junius se mit à claudiquer de long en large de la travée. Je le regardai attentivement, le sondai même, comme s'il avait un secret enfoui en lui. Je brûlais de lui parler. Quand il repassa à ma hauteur, je lui criai :

— VOUS AVEZ DÛ EN VOIR DES TEMPÊTES DANS VOTRE VIE, MONSIEUR JUNIUS ? MAIS COMME CELLE-LÀ, ÇA DOIT ÊTRE RARE ?

Il ne s'arrêta même pas. Il continua plutôt à claudiquer le long de la travée en riant. La pluie diminuait d'intensité. Je lançai des questions au hasard, mais toujours d'une voix très forte :

— JE ME SUIS LAISSÉ DIRE QUE CELA FAIT LONGTEMPS QUE VOUS HABITEZ LE PONT. ON RACONTE QUE VOUS EN AVEZ PRIS POSSESSION SITÔT LE DERNIER CLOU POSÉ. EST-CE VRAI ?

Junius avançait vers moi en riant. Il faisait maintenant tournoyer son immense béquille au-dessus de sa tête. L'engin effleura même mon visage, ce qui m'obligea à quelques esquives.

L'attitude de l'infirme, cependant, ne me découragea pas.

— ON DIT AU VILLAGE QUE VOUS AVEZ ÉTÉ ÉLEVÉ PAR LA LOUVE DES ÎLES. JE SAIS BIEN QUE...

Pendant un moment, le temps d'un regard, ô combien angoissant, l'infirme s'arrêta de rire. Il s'approcha de moi, garda un long moment de silence, puis éclata de plus belle. Cette fois, son rire diffusa un mélange de râlements et de gargouillements, ce qui me rendit fort mal à l'aise, à tel point que je décidai de repartir sur-le-champ en direction du village.

Je marchai d'abord rapidement, non sans regarder derrière moi de temps à autre. Quand je fus à une grande distance, je remarquai que Junius avait repris sa place au centre du pont. La tempête s'était tue. D'innombrables branches de saules jonchaient le sol. L'infirme m'avait donné la frousse. Son rire me déchirait toujours l'oreille.

5

Je n'étais pas au bout de mes émotions, car à mon retour au village, il y avait un attroupement devant la porte du magasin général. Comme je me frayais un chemin parmi la foule, je recueillis des bribes d'information. On parlait beaucoup. Des voix disaient :

— Mourir si vite, ça n'a pas de bon sens !

— Un tel caractère !

— Si spécial !

— Comment t'appelles ça ? L'apoplexie ?

— C'est quoi ça ?

— Y paraît que c'est une maladie du bas du corps !

— Niaiseux, c'est le cœur !

— Pourtant, l'entrepreneur des pompes funèbres était trop jeune pour faire un mort.

« Comment, Grand Léo est mort ! » me dis-je, secoué par la nouvelle. Je l'avais rencontré la journée même. Je revoyais encore son sourire en coin sous la pluie.

Soudain, une voix perçante retentit.

— Une crise d'apoplexie, oui ! Je me suis laissé dire que Grand Léo avait été du côté du pont couvert, aujourd'hui, fit la mère Gaucher.

— Il avait l'air en forme, pourtant, lorsque je l'ai rencontré ce matin sur le chemin de la Tour, intervins-je.

— À quelle hauteur l'as-tu vu ?

— Non loin du pont couvert.

— Je te l'avais bien dit que l'infirme portait malheur. Le fils de la Louve ! Je le savais. Pauvre Grand Léo, un si bon homme ! Dire que c'est à notre tour de l'enterrer.

La figure de la mère Gaucher devint encore plus grave.

— Il paraît que Grand Léo ne voulait pas qu'on le veille. Il désirait seulement qu'on l'enterre rapidement. Le curé m'a dit que le service aurait lieu demain matin.

J'avoue que la mort de Grand Léo me prenait de court. Cette nuit-là, pendant des heures, je repassai les événements de la journée. On disait que l'entrepreneur des pompes funèbres était mort d'une crise d'apoplexie et, pourtant, il ne présentait aucun symptôme de congestion lorsque je l'avais vu. Tout en lui respirait la santé, son teint rose, surtout. Ma nouvelle vie de biographe était bien servie en rebondissements ! Je ne me doutais pas alors que cela ne faisait que commencer.

6

Le lendemain, il y avait foule devant l'église : enfants, vieillards, notables, fanfare. Grand Léo était aimé. Le cortège s'ébranla à onze heures précises. La fanfare du village entama une marche militaire. Tout le Blisse marchait. Le maire Raoul Delacroix, le chef de gare Victorin Leduc, le notaire Vaillant et le fossoyeur Jos Villeneuve avançaient à la suite du curé Guaichard, lui-même précédé de ses enfants de chœur. Derrière eux, la fanfare et les villageois, parmi lesquels la mère Gaucher ; devant, le chien Café, qui gémissait à la portière du corbillard, pleurant son maître bien-aimé.

Le mort avait demandé, par testament, que la fameuse marche militaire de Schubert l'accompagne sur son dernier parcours. Il y avait dans cette musique de cuivre énergique et bien rythmée un air de joie qui contrastait avec la situation. Tout de cette marche codée avec un plaisir martial promettait les prouesses brûlantes d'un champ de bataille et non la descente d'un corps dans une fosse humide. Les goûts ne sont pas à discuter, même ceux d'un mort, semble-t-il. Grand Léo avait-il aussi demandé par testament que l'infirme Junius bloquât l'entrée du cimetière ? Ce dernier attendait devant les portes en fer forgé, béquille haute et chapeau tendu.

Schubert se tut. Le silence couva. Le curé à la chevelure rousse portait une chasuble violette et une étole noire. Il s'approcha de l'infirme. Un rire de carnaval secouait la figure de Junius, ce qui ajoutait à l'allure baroque de cet enterrement. Le prêtre remit sèchement la pièce de monnaie traditionnelle dans les mains de l'infirme, mais cette fois, Junius ne bougea pas. Il resta là, planté au milieu du chemin, avec cette aisance que donne parfois la nature à ceux qu'on croit les plus démunis.

— Déplace-toi, Junius, dit le curé. Il faut que nous procédions à la cérémonie.

L'infirme ne broncha pas.

— Ça va, Junius, tu as ton dû, maintenant

tasse-toi, ça presse, dit le maire d'une voix autoritaire.

Junius roulait des yeux comme jamais on ne
l'avait vu faire. Ceux-ci bondissaient dans sa figure, on aurait dit qu'ils dansaient la rumba.

— Fais de l'air ! Tu vois pas que Grand Léo attend qu'on le descende dans le trou ? reprit le maire.

Il n'y avait rien à faire. L'infirme Junius bloquait l'entrée des lieux avec une terrible obstina-
tion. Le maire maugréa. Le curé gesticula. Il sau-
tait presque. L'infirme riait.

Le prêtre lui réitéra l'ordre de se déplacer,
mais peine perdue : l'Homme-du-pont-couvert semblait décidé à ne rien laisser passer. On aurait dit
le Charon de la mythologie en personne, mais en
plus trivial. Le rire incarné interdisait à la mort
de passer et, pourtant, la mort avait payé son tri-
but. L'usage de la force ne servirait à rien.

7

La nouvelle que l'infirme bloquait l'entrée du
cimetière se propagea rapidement. « C'est le Junius qui fait des siennes ! » se disait-on de bouche
à oreille. Soudain, on entendit crier, depuis le
sommet de la côte de l'auberge : « Bâtard maudit,
pas le fils de la Louve une journée comme aujour-
d'hui ! » C'était la mère Gaucher. Et elle avait décidé de ne pas s'en laisser imposer. On la vit des-

cendre la côte en vitesse. Elle se plaça à côté du curé. Junius rit encore plus fort devant elle.

— Sinistre personnage ! lui cria-t-elle.

Il tira la langue.

— Infâme ! hurla-t-elle.

Il roula les yeux.

La mère Gaucher bouillait. Junius continuait ses grimaces. Le maire s'impatientait. Le curé, lui, se fâcha :

— Sortez le cercueil du corbillard et posez-le devant l'infirme ! ordonna-t-il.

On déposa la bière cérémonieusement aux pieds de Junius.

— Tu n'as peut-être pas peur des vivants, Junius, voyons ce que pourra te dire un mort ! Ouvre, Jos ! fit le curé.

— Oui, ouvre ! ajouta le maire à l'attention de son fidèle fossoyeur. Et fais ça vite !

Jos Villeneuve se pencha sur le cercueil pour l'ouvrir. Une chose remarquable se produisit. Le cèdre de la bière éclata en un craquement épouvantable qui retentit dans tout le Blisse. Le mort se dressa sur ses coudes et tourna la tête vers le curé et la mère. Il les fixa droit dans les yeux, puis se mit à rire à gorge déployée. Le prêtre et la vieille dame étaient morts de frousse. Grand Léo grimaça comme un diable en fête. Il se débarrassa du linceul qui lui couvrait le corps, prit Junius par le cou et, s'adressant à la foule éberluée :

— Vous en faites une face, vous autres ! Viens vieux frère ! dit Grand Léo à Junius en engageant le pas vers la route. Allez, tout le monde au Feu, c'est mon jour de traite ! ajouta-t-il.

8

Le curé était bleu de rage. La mère aussi. Le maire, le chef de gare, le fossoyeur et les porteurs avaient le fou rire. Le prêtre repartit en vitesse vers le village, suivi de ses enfants de chœur et de la mère Gaucher. Les autres accompagnèrent à l'auberge le joyeux couple dépareillé de l'entrepreneur et de l'infirme. Moi aussi. Je ne devais pas le regretter, car c'est en ces lieux que je devais apprendre une étonnante vérité.

9

Tout l'après-midi et toute la soirée, de nombreux buveurs s'assemblèrent autour de Grand Léo qui, même assis, trônait comme un aigle sur son rocher. On riait fort. L'infirme plus que tous les autres, on aurait dit un Auguste de cirque. Il était debout à la droite de l'entrepreneur des pompes funèbres. Son terrible bâton lui servait d'appui. Derrière eux, il y avait la baie vitrée qui donnait sur le lac ; devant eux, l'immense murale créole *Femme aux seins nus*.

— J'te dis, Léo, que tu nous en as passé toute une, dit soudain le maire. Ça m'a choqué sur le coup, mais plus le temps passe, plus je la trouve bonne. Désespoir, qu'est-ce qui t'as pris, pour l'amour du saint ciel ?

— Pour l'amour du saint ciel, répéta Jos Villeneuve, le fossoyeur.

Jos aimait reprendre les fins de phrase de son bien-aimé maire, à telle enseigne que certaines Blissiennes, expertes en écoute intensive, l'avaient surnommé Écho.

— Qu'est-ce qui t'as pris ? répéta le maire.

— Ça me tentait, dit le thanatologue sur un ton solennel.

— Ça le tentait, qu'il dit ! Mais c'est un coup pendable !

— Une performance ! reprit Grand Léo.

— Performance, mon œil ! T'imagines-tu, mon grand croque-mort, que sans toi nous n'aurions plus eu personne pour nous embaumer.

Grand Léo était heureux. Il jubilait. Nous eûmes droit à un discours haut en couleur. C'était un régal. Chez lui la mort était un jeu. Un jeu payant, devrais-je ajouter, car à l'écouter, la mort n'était qu'une façon comme une autre de passer à la caisse. Grand Léo, à sa manière, était commerçant. Il aimait son rôle d'intermédiaire. « Ma morgue, dit-il, à un certain moment, c'est l'anti-chambre du ciel ! »

— Dis plutôt que c'est le dernier poste de payage avant d'entrer au purgatoire, fit Noémie, caustique.

— Ou en enfer ! ajouta malicieusement Victorin Leduc.

Il y eut comme cela, pendant de vibrantes minutes, une joute oratoire où des mots cocasses, drôles, hilarants, amusants et comiques firent pétiller l'auberge. Grand Léo connaissait une apothéose. À un moment donné, il convint avec tout le monde que sa mort aurait été la fin d'un grand artiste. Les clients n'avaient plus d'yeux que pour lui. On aurait dit qu'ils admiraient un chef-d'œuvre.

Pendant tout ce temps, l'infirme Junius regarda le thanatologue sans bouger, la figure extatique.

— C'est pas une journée ordinaire ! dit le maire.

— En effet, fit Victorin. « Vie, mort et résurrection d'un croque-mort ! »

— « Le Ressuscité », désespoir !

— Je ne suis pas certain que le curé Guaichard en veuille de celui-là, ponctua le chef de gare.

— Maudit que t'es fou, Léo ! reprit le maire. As-tu vu le curé partir avec ses enfants de chœur ? Il avait l'air d'une vieille mouffette.

— Veux-tu dire qu'il ressemblait à la mère Gaucher ? suggéra le thanatologue.

Un éclair, comme celui qui précède le tonnerre, fendit l'œil de l'infirme quand Grand Léo prononça le nom de la mère Gaucher. Un fracas visuel mille fois plus rapide que le son. Qu'y avait-il entre eux ?

10

Je sortis momentanément pour prendre l'air. Il faisait nuit. Je me dirigeai vers le gros pin qui surplombe le quai. J'entendis alors, malgré moi, une discussion entre deux convives pressés sans doute eux aussi d'aller s'épancher quelques instants sur la nature.

— On dit que Junius et Grand Léo viennent des îles. Ils ont été pris en élève par Bia Lafortune, fit l'un d'entre eux.

— Pas la grosse femme qui a déjà élevé deux bonnes douzaines de p'tits des autres ?

— Tout juste.

— Ça s'ra-t-y des frères ?

— Paraîtrait que non. Grand Léo, on sait que c'est un Lefebvre, mais Junius, lui, on sait pas. C'est un mystère.

— Il doit avoir quand même une mère comme tout le monde ?

— Tout ce qu'on sait, c'est que c'est Bia qui l'a élevé.

— Quelle femme, élever un homme pareil ?

Cette conversation aiguisa la curiosité du biographe que j'étais devenu.

Une clameur résonna dans la salle.

— Ça doit être une autre farce de Grand Léo, dirent en même temps les deux convives

Fort de ce nouveau développement, je retournai à l'auberge. Ainsi, Junius et Grand Léo se connaissaient depuis longtemps. Mais, si j'avais bien compris, ils n'étaient pas frères même s'ils avaient eu la même éleveuse. Et la Louve des îles, dans tout ça ?

II

J'entendis encore plusieurs histoires. Le souvenir des événements du matin avait surchauffé les esprits. De plus, l'alcool avait complètement délié les langues. Bientôt, tout le monde fut fin saoul, l'entrepreneur des pompes funèbres plus que tous les autres, et cette atmosphère de fête ne me préparait nullement à l'incident dramatique que je devais vivre quelques instants plus tard.

Je m'étais assis à une table légèrement en retrait et je repensais à tout ce que je venais d'entendre en sirotant une bière quand, soudain, je sentis une bouche se plaquer contre mon oreille et une voix gutturale me murmurer : « Entre toué pi moué, faut-y qu'à soit folle, ma mère, pour faire accroire à tout le monde que j'ai été élevé par une louve ! » Je me retournai, vivement interloqué par ce que je venais d'entendre. C'était l'infirme Junius. Il avait fermé sa paupière droite et souriait. Mais je n'eus même pas le temps de le questionner, il était déjà parti.

« Comment ! Il parle ? me dis-je. Et puis la mère Gaucher est sa mère ! » J'étais bouleversé.

Je cherchai à rejoindre Junius, mais en vain. J'allai voir le maire à qui je demandai s'il avait déjà entendu parler Junius. Il me lança cette phrase intrigante :

— Ne t'occupe pas de cela, l'Instruit !

— Au contraire, cela m'intéresse au plus haut point, lui dis-je.

— Pourquoi ?

— C'est sur l'infirme que j'écris.

— Désespoir ! dit-il d'une voix grave.

Je décidai alors d'aller marcher dehors.

Tout était noir dans la grand-rue, même le vent. Seule l'unique fenêtre du deuxième étage du magasin de la mère Gaucher était éclairée faiblement par la lueur d'une chandelle. Lorsque je passai devant, je crus voir le visage de la vieille femme. Il me sembla même qu'elle souriait.

12

Comment se faisait-il que l'infirme Junius parlait, alors que tout le monde le disait muet ? Qui était-il véritablement ? Ce que j'avais appris à l'auberge m'avait secoué. Si la mère Gaucher était la mère de l'infirme, pourquoi racontait-elle cette histoire de la Louve des îles ?

Je retournai au pont le lendemain matin, mais Junius demeura impénétrable. Je ne soutirai rien non plus de la mère Gaucher, que je revins voir aussi. Elle reprit l'histoire abracadabrante qu'elle racontait à tout le monde d'une voix hystérique. Pour elle Junius n'était qu'un monstre que la Louve des îles avait allaité.

13

Je n'avais plus qu'une idée : voir de mes propres yeux Bia Lafortune, la Louve des îles ! Mais avant de me rendre aux îles, je voulais recueillir d'autres renseignements sur l'infirme Junius et sur cette Bia Lafortune, dont le prénom laissait entrevoir, dans son étymologie à tout le moins, une force vitale. Bia, la vie. On disait qu'elle avait élevé deux douzaines d'enfants qui n'avaient pas été désirés.

Si l'on fut avare de paroles sur Junius, en revanche on me parla volontiers de Bia, la femme instruite qui avait consacré sa vie aux enfants des autres. On était venu de tous les lacs du Blisse, et même d'outre-frontière, pour lui laisser un enfant illégitime ou encore un enfant trisomique, parfois aussi un être difforme. Elle n'avait jamais refusé. Plusieurs étaient morts en bas âge, mais le peu de temps qu'ils avaient vécu auprès d'elle les avait rendus heureux. Les survivants lui avaient offert une magnifique demeure au sommet d'une île en forme de morne qu'on appelait la Mamelle. Ainsi, cette femme, qui n'avait jamais pu avoir d'enfant par voie naturelle, méritait la consécration suprême : une demeure sur la Mamelle. Quant à l'expression « la Louve des îles », tous me dirent que c'était une invention de la mère Gaucher.

14

Quelques jours plus tard, je me rendais enfin aux îles par le chemin de traverse, celui qui passe par le lac de la Source, au pied de la montagne Bedaine-qui-rit. Malgré le vent cinglant, l'automne donnait tout son prestige à ces paysages montagneux, qui m'apparaissaient fiers dans leur pourpre tacheté de jaune et de vert.

Une route vicinale me conduisit directement sur une plage en face de la Mamelle, la plus petite des deux îles du lac. On disait « Le pays des îles », alors qu'il n'y avait que deux îles. Le Grand Lac Bleu, lui, en comptait une trentaine. Il est vrai que la Grosse Île et la Mamelle étaient singulières. La plus grande ressemblait à un énorme chapeau de poil, la plus petite avait la forme d'un téton géant. On m'avait dit que Bia vivait retirée au sommet de la Mamelle. Restait à traverser.

15

Deux chaloupes étaient à la disposition des voyageurs. Je montai dans l'une d'elles, puis ramai vivement. Le vent du nord soufflait et soulevait des vagues aux crêtes violentes de plus d'un pied de hauteur. Il faisait froid, mais l'ardeur que je mis à ramer me réchauffa. J'accostai une demi-heure plus tard.

J'attachai l'embarcation à un grand pin, puis j'entrepris de suivre un sentier abrupt, bordé de conifères vieux de plus de deux cents ans.

Je n'avais pas marché cinquante verges que j'entendis un coup de feu et vis un étourneau tomber à mes pieds. À en juger par le trou en plein cœur, il avait été abattu par un expert.

Quelques instants plus tard, un vieil homme déboucha sur le sentier, ramassa la bête, la mit dans sa gibecière, puis descendit par une autre voie sur la grève, où un bateau l'attendait. Je restai muet. Il monta à bord. Je le regardai partir en direction de la Grosse Île et je continuai ma route. Dix minutes plus tard, j'étais dans un jardin qui jouxtait une petite maison sur la galerie de laquelle une vieille femme maigre se berçait.

— Pardon, Madame, auriez-vous l'amabilité de me dire où loge Bia Lafortune ? lui demandai-je.

Elle me répondit en souriant :

— Ici même.

— Pourriez-vous lui demander de venir ?

— Certainement, c'est l'affaire d'une seconde. C'est moi, Bia.

J'étais interdit. Je croyais que Bia était énorme, du moins c'est ce qu'avait laissé entendre l'un des convives de l'Auberge du Feu, et voilà que je me trouvais devant une femme grande, certes, mais au corps frêle.

— Qu'est-ce que je peux faire pour toi ?

Son tutoiement ne me froissa pas du tout. Au contraire, il y avait beaucoup d'élégance et de respect dans la façon de l'utiliser.

— Mon nom est Francis Bernard. J'aimerais m'entretenir avec vous.

— À quel sujet ?

— La Louve des îles, dis-je en guettant sa figure.

— Quel intérêt ? fit-elle, calmement.

— Je suis historien, dis-je. On m'a chargé d'écrire les vies célèbres du Blisse.

— Ah oui ? Puis après ?

J'étais pris au dépourvu. Pour m'en sortir, je résolus de frapper fort :

— C'est l'infirme Junius qui m'envoie.

Elle arrêta de se bercer. Les traits de sa figure se radoucirent. Ce nom avait le don de l'émouvoir autrement que tous ceux que j'avais interrogés. Un sourire flotta sur ses lèvres. Soudain, elle se leva, fit quelques pas en s'éloignant, puis, contre toute attente, me fit signe de la suivre.

16

Nous entrâmes dans la maisonnette, fort rustique, bâtie en pièce sur pièce. Le plafond pyramidal était très original. Quatre grosses poutres de cèdre supportaient la toiture, qui surplombait le plancher à plus de quinze pieds. Le poêle crépitait. Il faisait chaud.

— Comment va-t-il ? demanda-t-elle d'une voix douce, en m'indiquant un vieux *chesterfield* en velours rouge. Ses yeux brillaient.

— Il va bien, je pense. En tout cas, il avait l'air heureux à l'enterrement de Grand Léo.

— Comment, Grand Léo est mort ? dit la vieille, faussement surprise. Elle me regarda intensément pendant un instant, puis elle éclata de rire en me disant :

— Je ne te crois pas.

Cette réponse me fit sourire et, en même temps, me conforta dans la nouvelle perception que j'avais d'elle. J'aimais sa façon de me répondre de manière inattendue.

— Ainsi, ils veulent écrire l'histoire du Blisse !

— Ils veulent surtout que je fasse des portraits de gens célèbres pour le Grand Anniversaire.

— Des vies célèbres pour le Grand Anniversaire ! Je vois. Se doutent-ils vraiment de ce que cachent les vies au Blisse ?

Elle garda un long silence. On aurait dit

qu'elle évaluait la situation. J'avais devant moi un être qui ne se contenterait pas de rester en surface et cela remplissait mon cœur d'attente.

— Tu t'intéresses donc à la Louve des îles, dit-elle, soudain, avec fermeté. Si c'est Junius qui t'envoie, c'est donc qu'il t'a parlé ?

Elle ne me laissa pas répondre. Elle entreprit d'emblée de me raconter ce qui suit.

17

— Il n'a pas parlé depuis une éternité. En fait, depuis son enfance. Tout le monde pense que l'infirme ne parle pas, sauf Grand Léo et moi. Je ne le dis pas souvent, mais lui et Grand Léo étaient mes préférés. Ils ont vécu comme deux frères, peut-être parce qu'ils étaient dépareillés. Ils sont arrivés chez moi le même jour. Grand Léo, c'est le père qui me l'a amené. Sa femme venait de mourir en couches et lui laissait treize enfants ; il ne pouvait pas s'occuper du treizième. Junius, c'est une autre histoire. Il est arrivé dans des conditions tragiques.

Elle s'arrêta momentanément, comme pour réprimer l'émotion que, visiblement, le récit de l'arrivée de Junius avait fait naître en elle. Quand elle se fut ressaisie, elle planta ses beaux yeux noirs droit dans les miens et me dit :

— Mais au fait, je ne sais pas pourquoi je te dis tout cela. Tu n'es pour moi qu'un étranger.

Elle avait soutenu ces derniers mots d'un sourire énigmatique. Pendant un moment, je craignis qu'elle ne s'arrêtât. Du reste, elle se leva. Je croyais que c'était pour m'éconduire, mais je me trompais. Elle alla plutôt mettre une théière sur le poêle.

— Tu veux du thé ?

— Bien sûr, lui dis-je spontanément comme si je raffolais de ce breuvage.

Cette vieille dame me rappelait ma grand-mère Alma qui aimait tant offrir du thé à ses visiteurs. Comme Alma, Bia avait le geste aussi sûr que la parole. Au reste, sa façon de préparer le thé semblait faire partie d'un rituel. Elle brassa énergiquement la théière et, sans se retourner, continua à m'entretenir :

— En fait, Junius et Grand Léo ont tété la même couenne.

— La même couenne ? fis-je, intrigué.

— Le même sein, si tu préfères.

— Mais on m'a dit que...

— On t'a dit que je les ai tous adoptés. C'est vrai. Ce n'est pas de mes mamelles qu'il s'agit. Je ne pouvais pas avoir d'enfant. Quand ils sont arrivés, j'avais à mon service Margie Logan, une grosse nourrice venue du Caye. Il ne se passait pas une année sans que son Johnny ne l'engrosse. Elle avait du lait en abondance et une couenne reconnue pour satisfaire toutes les bouches, même les plus vilaines. Celle de Junius y goûta plus souvent qu'à son tour. La pauvre Margie avait eu peur quand elle l'avait vu, elle ne voulait pas s'en occuper, mais je l'avais convaincue, et jamais il n'y eut une bouche plus gourmande pour lui téter le sein. Il a fallu que je gronde Margie pour qu'elle le sèvre. La nature réserve des surprises, n'est-ce pas, Francis Bernard ?

Je ne répondis pas. Le bagout de Bia Lafortune m'enchantait. Sa façon directe de parler ; ses niveaux de langue, aussi ; sa manière de mêler le passé simple et le passé composé. On m'avait prévenu que Bia était une femme instruite. Dès l'âge de treize ans, elle avait été prise en charge par des religieuses, qui s'étaient fait un point d'honneur de lui donner une belle éducation.

18

J'avais entendu bien des êtres parler dans ma vie. J'avais eu le privilège d'avoir été l'aide de Philias Frémont, le grand ramoneur du Blisse, un conteur exceptionnel qui n'avait pas son pareil pour sculpter des anecdotes et des historiettes. J'avais étudié dans une université réputée, je m'étais nourri aux discours de grands maîtres, mais voilà que la parole de cette femme me suspendait à sa bouche. Plus elle parla, plus j'en voulus, comme d'un délicieux lait chaud.

Un monde s'ouvrait à moi. Je me sentais bien, en haut de cette île mammaire, dans la chaleur d'un foyer où j'étais doublement réchauffé par le feu du poêle à bois et par celui de cette octogénaire admirable.

19

— Si tu es venu ici en évoquant les noms de Junius et de Grand Léo, reprit-elle, c'est que tu veux savoir ce que personne ne sait. Tu me plais, Francis Bernard.

Elle brassa de nouveau la théière. Un petit nuage survolait le poêle et semblait curieusement auréoler la tête de la vieille dame. On aurait dit qu'une vapeur d'eau sortait d'elle.

La théière sifflait. Bia la prit avec une mitaine de coton rouge joliment ouvragée et versa le thé dans deux tasses en porcelaine à motifs de framboises.

— Junius est né aux îles, précisément sur la Grosse Île que t'as vue, à ta gauche, si t'es venu du Grand Lac Bleu par le chemin de traverse. On a volontairement caché sa naissance. Certaines personnes avaient intérêt à ce qu'elle demeure secrète.

— La mère Gaucher ? dis-je, voulant montrer que je savais certaines choses.

— Pas du tout. Au contraire.

Elle arrêta de parler et se pencha vers moi, l'œil brillant.

— Tu as compris que c'était sa mère, n'est-ce pas ?

— C'est Junius qui me l'a dit.

— Dieu, qu'il doit souffrir ! ne put s'empêcher de dire la vieille femme. Junius sait qu'elle est sa mère, mais elle ne sait pas qu'il est son fils. Cette seule idée me fait mal. Elle parle de lui comme d'un sous-homme.

Je me rappelai vivement les paroles désobligeantes que la mère Gaucher avait eues à l'égard de l'infirme. Il me semblait que je touchais à quelque chose de très important.

— Je suis la seule vivante à savoir toute la vérité. Tous les autres sont morts : le vieux docteur Garneau, les parents de la mère Gaucher et la vieille Robert de la Grosse île. Écoute bien ce que je vais te dire, Francis Bernard ! Tu seras le seul à savoir. Tu en feras ce que tu voudras.

Les minutes qui suivirent stimulèrent au plus haut point mes pulsions visuelles et auditives. C'était comme si j'étais entré dans la mémoire de Bia. Je voyais défiler devant mes yeux tout ce qu'elle me disait : des images fortes aux sons rugissants, le fracas d'une naissance. Bia me racontait la triste histoire de Pierrette Gaucher.

20

Pierrette Gaucher n'avait donc eu qu'un seul enfant, et c'était Junius, mais cet enfant était illégitime. À seize ans, elle s'était amourachée d'un jeune vicaire qui était venu au Blisse en convalescence. Leur idylle avait fait scandale à l'époque. On les avait surpris dans le fourré en bordure de la Grande Baie du Grand Lac Bleu. La nouvelle avait enflammé l'imagination du Blisse. L'affaire s'était même rendue à l'archevêché d'Ottawa. On l'avait étouffée en rappelant le prêtre malade pour le nommer aumônier d'une maison de retraite dans l'Ouest canadien. Quant à Pierrette, on l'avait envoyée se promener aux îles, plus précisément sur la Grosse Île, dans la maison d'une famille d'originaux, les Robert, qui avaient quitté la ville pour venir s'installer au pays des îles. Les Robert étaient tous morts, sauf un, Artamas, le chasseur d'étourneaux. Madame Robert avait accueilli Pierrette au quatrième mois de sa grossesse. Cette famille-là était bonne. Le temps venu, le docteur Garneau avait été appelé aux couches. Il était passé chez Bia.

— À l'époque, je demeurais près de la chapelle. Il m'avait dit : « Bia, j'aimerais que tu viennes jusqu'à la Grosse Île. Il y a la fille Gaucher qui va accoucher et je veux que tu m'assistes. » J'ai confié la garde des enfants à Margie, puis je suis partie en bateau avec le docteur. Le lac était gros, cette journée-là. Le bleu de son ventre était blanc d'écume, on aurait dit qu'il avait mal. La chaloupe du docteur avançait de peine et de misère vers l'île, des masses d'eau nous lavaient. Quand nous sommes arrivés sur la grève, nous avons entendu la voix haute et stridente d'une femme. Elle était déjà en travail. Nous nous sommes précipités dans la maison. Le docteur Garneau n'a même pas pris la peine d'enlever son manteau.

« Pousse ! » dit-il.

« Mais je pousse ! » cria Pierrette ; et ce cri lui arrachait les entrailles.

« Pousse, je te dis ! Allez, encore un effort et tu verras. »

« Je pousse, docteur ! mais ça me déchire ! Je n'en peux plus ! » vociférait-elle, la figure toute en eau, des larmes se mêlant à ses sueurs épaisses. Elle poussait si fort que les veines de son front sortaient comme de gros vers sous la pluie. Le vent soufflait. Il souffla des heures. Pierrette aussi.

« Ça y est, je vois quelque chose ! » dit enfin le docteur.

« Quoi ? » demanda la jeune mère.

Le docteur ne répondit pas. Il me jeta plutôt un coup d'œil. J'avais compris. Je sortis la bouteille de chloroforme. Il imbiba la gaze, puis Pierrette s'endormit tandis qu'une tête monstrueuse engluée de sang pendouillait hors de son ventre.

Le docteur tira de toutes ses forces, prit le monstre ensanglanté, saisit le cordon de vie dur et visqueux, puis le trancha net. L'enfant pleura comme un diable. Et là, il s'est passé quelque chose de grand mais en même temps de terrible. Le docteur Garneau me toisa de ses yeux métalliques. Un regard autoritaire mais conscient où se lisait la bonté. J'avais compris ce qu'il me demandait. Je lui fis signe que oui. Certes, c'était cruel, mais cela l'aurait été encore plus si Pierrette l'avait vu. Je partis donc avec l'enfant vivant. Le médecin resta jusqu'à ce que la mère se réveille.

« Qu'est-ce que c'est, docteur ? » demanda-t-elle.

Comme le docteur Garneau ne répondait pas :

« Il n'est pas mort, au moins ? »

« Oui, il est mort, Pierrette. »

« Je veux le voir. »

« Vaut mieux pas. »

Un cri déchira les îles. On ne lui a jamais montré l'enfant. Pierrette nous en voulut toujours au docteur Garneau et à moi.

21

Bia Lafortune bougea sur sa chaise. Il y avait du silence dans ses paroles et des paroles dans son silence. Quelle concertiste elle était ! Sa voix avait épousé les subtilités d'un instrument laissé à une imagination puissante. Bia avait cette faculté de semer l'émotion dans la raison. Sa parole me grandissait. Je me livrais entièrement au pouvoir de ses mots. Cette femme s'était sacrifiée pour que Pierrette n'ait pas à subir l'opprobre d'avoir mis au monde un monstre du péché.

— Pendant toute sa vie, la mère Gaucher s'est imaginé que son fils était beau, reprit Bia. Depuis, elle a inventé cette histoire de la Louve des îles, dans laquelle je n'étais bonne que pour voler les enfants des autres. Avec le temps, elle a même confié à certaines personnes que j'aurais tué son enfant, parce que j'étais jalouse de ne pas pouvoir en faire. Selon elle, je n'étais qu'une traînée comme ma mère.

— Votre mère ? ne pus-je m'empêcher de demander.

Cette question la rendit mal à l'aise. Elle fit comme si elle n'avait pas compris. Je n'insistai pas. Je lui lançai :

— Vous l'avez revue ?

— Qui ?

— Pierrette Gaucher.

— Il ne s'est pas passé une année sans qu'elle ne revienne aux îles à la recherche de son fils. Bien évidemment, il ne lui effleura jamais l'esprit que l'infirme, que j'avais fait baptiser Junius, pût être le sien, ni non plus Grand Léo qu'elle trouva trop long. Mais j'avais eu, depuis, un petit blond bouclé aux beaux yeux bleus. Il s'appelait Gabriel. Pendant longtemps, elle a soupçonné que c'était le sien, jusqu'au jour où les vrais parents de Gabriel, qu'on avait forcés à abandonner la garde parce qu'ils n'étaient pas mariés, sont venus le reprendre. C'était pathétique. Gabriel avait peur de Pierrette. Elle avait beau lui apporter des friandises, il la trouvait sèche. Les autres enfants avaient aussi droit aux bonbons, sauf Junius. Elle ne lui apportait rien et le chassait quand elle le voyait. Grand Léo partageait toujours avec lui ce que Pierrette Gaucher lui donnait. Je la laissais faire, car j'avais pitié d'elle, au fond. Elle a continué de revenir, même après le départ de Gabriel, mais dorénavant, elle faisait le tour des maisons du pays, le regard à l'affût. Les années ont passé. Quand Junius s'est installé à son pont couvert, elle a parlé de lui comme du diable à qui elle devait donner l'aumône en traversant le pont maudit. En fait, Junius et Grand Léo sont partis de chez moi la même année. Ils avaient treize ans.

Bia s'arrêta.

— Veux-tu d'autre thé ?

Je fis signe que oui. Elle remplit ma tasse de nouveau.

— Vraiment, ces deux-là m'ont apporté de la joie plus que tous les autres, reprit-elle. Ils ont toujours été gentils avec moi. Les passants ne les aimaient pas parce qu'ils riaient tout le temps et ils ne savaient pas pourquoi.

À ce point de notre conversation, je brûlais de lui poser une question sur la mutité de l'infirme.

— Mais pourquoi Junius ne parle-t-il pas ? fis-je.

— Pourquoi Junius ne parle-t-il pas ? répéta-t-elle. J'attendais ta question.

Ce qu'elle me raconta me bouleversa. C'était magique. J'arrivais au cœur de ma quête.

22

— Eh bien ! tu me croiras si tu veux, la première manifestation d'intelligence de l'infirme a été un éclat de rire. Depuis, il n'a cessé de rire. Quant à la parole, on aurait dit qu'il l'avait prise en grippe. Il n'a jamais aimé parler. Quand il a eu l'âge d'aller à l'école, son corps de cheval et sa tête monstrueuse l'ont éloigné des autres enfants. « On veut pas de toi, l'infirme. T'es rien qu'un bâtard ! » Un jour, il était revenu en pleurant et m'avait demandé ce que le mot « bâtard » voulait dire. J'avais refusé de lui répondre, à ce moment-là. Il avait tant insisté plus tard que, finalement, je lui avais donné la signification du mot. Il m'avait alors demandé : « Si ce n'est pas toi, ma mère, qui est-ce ? » J'ai toujours regretté de lui avoir dit la vérité. Lui, qui parlait peu, ne parla plus à personne, sauf à Grand Léo. Et encore, il le fit de plus en plus rarement. Il n'a jamais joué qu'avec Grand Léo. Il l'a toujours bien aimé. C'était réciproque. À quatre ans, Léo dépassait Junius d'une tête. À dix ans, c'était déjà un géant. Il mesurait six pieds. Quand Grand Léo partait en chaloupe avec les plus vieux, je les voyais de loin grâce à son grand corps. Il faisait le fou. Une fois qu'il revenait de la Grosse Île, la chaloupe avait chaviré juste avant d'arriver. Les plus vieux avaient nagé. Grand Léo, lui, ne savait pas nager. Junius, qui pêchait sur le quai, avait bien vu que le grand était en train de se noyer. Sans attendre, il avait plongé et l'avait ramené sain et sauf. Junius était déjà très fort et nageait d'une façon extraordinaire. Grand Léo était très intelligent. Il a sauté les étapes à l'école. À treize ans, il en savait plus que la maîtresse. À grandir aux côtés de Junius, il a été contaminé par le rire de l'infirme et il a gardé un sourire accroché aux coins des lèvres, ce qui donne un air de fête à tous ses gestes. Grand Léo est le seul, donc, qui a su vraiment converser avec son frère de lait. Ils se parlaient en riant. L'un riait, l'autre souriait.

— Vous les aimez tant que ça ?

Bia était tout illuminée.

— Je les aime beaucoup. Cela m'a brisé le cœur, le jour de leur départ. Grand Léo est parti pour un collège d'en Bas tandis que Junius est allé par en Haut. Léo est parti parce qu'il était très doué ; Junius, parce qu'il faisait de plus en plus peur. Le jour de leur départ a été le seul jour où on ne les a pas vus rire. J'aurais bien gardé Junius malgré tout ce qu'on pouvait en dire. Je savais, moi, qu'il n'était pas dangereux, mais l'infirme ne voulait pas continuer à vivre ici sans son ami, je devrais plutôt dire son frère. Il a pris son balluchon, m'a embrassée, puis est parti sans dire un mot. Grand Léo l'a accompagné sur le chemin du Caye. Une larme perlait sur ses grandes joues.

23

La Louve des îles essuya ses yeux mouillés. Et c'est dans ce contexte ému que je devais apprendre que Grand Léo connut toute une évolution dans un collège du Bas. Il s'ennuya tellement des eaux vivantes du Blisse que, par dépit, il s'efforça d'exceller dans les matières les plus éloignées de la vie. Il avait commencé à lire en cachette des traités de pathologie, puis de dissection, enfin d'embaumement. Il était revenu aux îles avec la science d'un thanatologue.

— On l'a nommé entrepreneur des pompes funèbres de la vallée, dit Bia. Junius, lui, a immigré au Caye, puis de là est passé au pays de l'Arche pour enfin, à vingt ans, s'installer au pied de la montagne de la Tour, dans les combles du pont couvert, sur le ruisseau du Porc-Épic. C'est là qu'il a fait sa vie. Voilà leur histoire, Monsieur le biographe. Dois-je t'appeler ainsi, Francis Bernard ?

Le ton de la voix de Bia n'avait rien d'ironique. Au contraire, elle avait insufflé au mot « biographe » une solennité qui me rendait plus précieuse la quête à venir. Je la regardai avec un sourire reconnaissant. Elle avait les yeux légèrement humides, ce qui rendait sa vieille figure encore plus troublante.

Bia avait été généreuse avec moi. Elle m'avait confié des vérités du Blisse. Grâce à elle, ce pays prenait encore plus de relief. C'était comme si j'avais entendu le cœur du Blisse battre, et cela me vivifiait. J'aurais voulu lui poser une foule d'autres questions, mais je jugeai que c'était assez pour l'instant. Les confidences qu'elle m'avait faites l'avaient émue.

Je pris congé d'elle, en la remerciant chaleureusement.

24

Je retournai au Grand Lac Bleu en suivant, cette fois, la route qui longe la partie occidentale des Montagnes Joyeuses. Elle louvoie entre lacs et montagnes. Certains l'appellent le Chemin de la Louve. Je frôlai le Grand Lac Long et le lac de la Halte. Je traversai ensuite la montagne de la Tour, longeai le lac Dénommé, puis j'arrivai au pont couvert. Junius était là, le chapeau tendu. J'y déposai une pièce en souriant nerveusement. Il me regarda sans rien dire. Une lueur brillait dans ses yeux comme celle que j'avais vue dans le regard de Bia.

Ma rencontre avec la Louve des îles, je le savais, n'avait pas été ordinaire. Cette femme avait été rayonnante. Sa façon d'aller au-delà des mots et de me plonger au milieu du drame, tout en faisant ressortir les côtés humains, m'avait transformé. Elle devait exercer une grande influence sur mon travail d'écrivain. Le charme de cette femme m'avait touché. Aussi, quelle ne fut pas mon émotion lorsque, le mois suivant, passant faire des provisions au magasin général, j'entendis la mère Gaucher me dire sèchement :

— Elle est enfin morte !

— Qui ? demandai-je.

— La Louve des îles, c't'affaire !

— Vous voulez dire Bia Lafortune, fis-je, inquiet.

— Tout juste. Celle qui a élevé le Junius.

J'étais secoué.

— Je voudrais bien être là quand l'infirme va l'apprendre, continua la commère. Quant à la Louve, elle valait pas mieux que sa mère. Une traînée de la pire espèce. Si tu savais ce qu'un miroir peut faire dans une vie !

— Un miroir ?

Elle n'eut pas le temps de me répondre, car le notaire Vaillant entra dans le magasin sur les entrefaites.

— Vous connaissez la nouvelle, madame Gaucher ?

— Je le sais, la Louve est morte. Je l'ai su la première.

— Vous saviez qu'elle était malade depuis longtemps. Un cancer des os, paraît-il ! Elle n'a jamais montré un signe de découragement. Quelle femme admirable !

La mère Gaucher garda la figure froide ; elle n'osa pas contrarier le notaire. Quant à moi, je ne dis rien non plus. Je repensais à mon après-midi passé avec Bia. Quel être étonnant elle avait été ! Elle souffrait d'un mal terrible et ne l'avait même pas montré. Tout le temps, elle avait gardé le contrôle. J'avais le cœur gros.

Mais si j'étais attristé par la mort de Bia Lafortune, je n'en voulais quand même pas à la mère Gaucher. Je connaissais aussi son drame.

— Tout le Blisse sera aux îles pour l'enterrement, dit le notaire, en sortant.

25

En effet, le pays se déplaça pour la grande éleveuse. Il y avait foule sur le terrain de la mission des îles, la chapelle débordait. Jamais on ne l'avait

vue autant fleurie. Combien de témoignages d'a-
mour étaient écrits partout dans la nef ? De nom-
breuses familles avaient cheminé des pays du
Bask, du Kaz et du Cerf. Il y en avait même qui venaient des grandes villes du Bas. Grand Léo avait
préparé le corps de la vieille femme avec la minu-
tie d'un homme de profession et la tendresse d'un
enfant amoureux de sa mère. Il avait mis son art
de thanatologue au service de l'affection. Même
morte, Bia semblait porter la vie.

Et c'est la vie que le curé Guaichard célébra
dans son homélie. Fait rare dans les annales de l'é-
glise, il félicita le croque-mort du haut de sa chai-
re. « Mon Dieu, Grand Léo, que tu l'as bien réus-
sie ! » On applaudit à tout rompre ; le maire et son
fossoyeur encore plus que les autres. Grand Léo
pleurait comme un petit enfant.

Quand vint le temps de l'élévation, le silence
de l'offertoire fut brisé par une clameur prove-
nant du dehors. « V'là le Junius ! cria-t-on. Il est
déchaîné ! »

Toutes les têtes se retournèrent vers l'entrée
de la chapelle. L'infirme entra. Il fit alors quelque
chose dont le souvenir me fait encore frissonner.
Il se dirigea les yeux pleins d'eau droit sur le cercueil qu'il embrassa dans un gémissement que
j'entends encore. Tous furent profondément émus.
Jamais geignement ne voyagea aussi clairement
dans cette enceinte. Junius gémissait comme un

animal blessé, ses larmes le transfiguraient ; sa figure était presque belle. On aurait dit qu'il offrait son âme à la morte et que c'était son cœur que ses yeux distillaient en gouttelettes sur le catafalque. Les Blissiens regardaient l'infirme. Ils souffraient avec lui. Le curé aussi, qui ne put détourner ses yeux de l'Homme-du-pont-couvert, même lorsqu'il leva l'hostie pour dire « Ceci est mon corps ! » Ces paroles ne m'étaient jamais apparues aussi dramatiques. En une fraction de seconde, je vis le corps du Christ difforme : une tête monstrueuse et un corps chevalin portant dans sa chair la douleur de la laideur, celle de tous les rejets.

La cérémonie continua, empreinte de tristesse et de dignité. L'infirme la domina.

Quand il fut temps de sortir, Junius chassa les porteurs qui s'apprêtaient à prendre le cercueil. Grand Léo leur fit signe de le laisser faire. Il connaissait la force de Junius.

À la stupéfaction générale, l'Homme-du-pont-couvert saisit le cercueil dans ses bras et sortit lentement de la chapelle. Le cimetière était adjacent à la mission. Il descendit l'escalier en boitant : tous les hommes et toutes les femmes enlevèrent leur chapeau. Le Blisse aimait Bia. Il l'adorait.

La mère Gaucher était là, elle aussi. Elle n'aurait pas manqué un événement aussi marquant, malgré sa haine pour la Louve. Quand Junius passa devant elle, il la regarda d'une manière si triste qu'elle ne put s'empêcher de participer à la douleur de l'infirme. On aurait dit que toute la vérité passait dans le regard de l'homme. La mère oublia momentanément la répulsion que lui inspirait toujours Junius. Elle esquissa un timide sourire de sympathie, qui se transforma, toutefois, en rictus quand l'infirme lui dit :

— Ma vraie mère, c'était elle, pas toué !

La figure de la mère s'empourpra. Son vieux corps trembla pendant un long moment. Une seule expression sortit de sa bouche :

— Moi, ta mère ? exhala-t-elle.

Elle partit précipitamment sans attendre la fin de la cérémonie.

« Junius a parlé ! » cria-t-on partout.

On enterra Bia dans une fosse surmontée d'un monument de marbre blanc, dans lequel était encastré un petit miroir. Des fleurs s'y trouvaient déjà. On pouvait lire deux noms sur la stèle : le sien et celui de Fortuna Lachance. Je m'approchai discrètement du maire.

— Est-ce que Fortuna Lachance était la mère de Bia ? lui demandai-je.

Il eut cette étrange réponse :

— Touche pas à Fortuna, l'Instruit, le Blisse veut oublier.

Fortuna

L'histoire se passe au Blisse, il y a longtemps.

Je la raconte envers et contre tous, car non seulement le maire, mais aussi le curé, le notaire et, même, Noémie Guiral, bref, personne au Blisse ne voyait d'un bon œil le fait que j'écrive sur Fortuna, la mère de Bia. C'est donc malgré eux que j'ai écrit cette vie plutôt exceptionnelle. Je ne vous dirai pas ici tous les obstacles qu'il m'a fallu franchir pour arriver à mes fins. Toutefois, j'indiquerai un élément essentiel : je ne serais jamais arrivé à reconstituer cette incroyable vie n'eût été une enveloppe mystérieuse qu'on me fit parvenir. Elle contenait sept feuillets couverts de mots écrits en lettres moulées. C'étaient des notes anonymes. Plusieurs pages remplies de matière à scandale. Aucune narration, seulement des noms et des événements. Je compris que la rédaction de la « vie » de Fortuna me demanderait des outils autrement plus puissants que ceux que la technique historiographique mettait à ma disposition. Je ne me préoccupai plus de savoir qui m'avait adressé ces notes qui soulignaient des détails aussi effrayants. J'ajouterai cependant un autre point. J'avais appris que Fortuna venait du Bask, le pays des eaux troubles et je m'étais rendu dans ce pays au lac immense comme une mer et à la montagne du Diable où, disait-on, des choses bizarres se passaient. Là, j'avais découvert qu'elle avait grandi en beauté. Elle avait été la fille unique de l'agriculteur Pierre

Lachance qui l'avait adorée et l'avait élevée dans la foi catholique et le respect de la langue.

Voilà tout ce que je dirai de la vie de Fortuna, là-bas. Je passerai sous silence les doux moments et la chaleur familiale qu'elle avait connus au Bask, je ne dirai pas qu'elle avait été aimée par tous les jeunes Baskongais. Je ne dirai rien, donc, de ses jours merveilleux. Je commencerai par son premier malheur, celui d'avoir été donné à l'infâme Maurice Sanreflet, grand maquignon du Bask et homme d'une jalousie maniaque. Pierre Lachance, qui avait contracté une très grosse dette de chevaux avec Sanreflet, n'avait pu trouver mieux pour régler ses comptes que d'offrir sa jolie fille à l'innommable commerçant.

Je ferai donc débuter la vie de Fortuna sur les bords du Grand Lac Bleu, au moment où Maurice fuyait le Bask après s'être attiré les foudres d'une famille en blessant un jeune homme qui avait osé adresser la parole à son épouse. J'indiquerai toutefois une dernière chose importante pour la clarté de ce qui va suivre : la jalousie, à cette époque, était chose courante au pays du Bask, à ce point qu'on avait interdit le miroir aux femmes pour se prémunir de tout mal. Fortuna fuyait malgré elle le Bask avec un Maurice violent et sauvage.

1

« C'est pas parce que j't'ai brassée hier au soir que tu dois m'faire la gueule, toué... Un œil au beurre noir, ça se guérit ! » avait dit Maurice en demandant à sa jeune épouse de partager son admiration devant la beauté du Grand Lac Bleu.

Elle n'avait rien répondu. Elle s'était contentée de regarder avec ses beaux grands yeux bleus amochés de jeune fille de vingt ans, je devrais plutôt dire de jeune femme mal mariée. Ils avaient quitté le Bask trois jours plus tôt en quête d'une nouvelle demeure. Ils avaient passé la dernière nuit à Orlo, sur les bords du lac.

Ils campèrent deux autres nuits à Orlo, puis ils partirent pour le village du Grand Lac Bleu. Ils longèrent la voie ferrée pendant un moment. Le chemin montait dans la forêt vernale, puis redescendait non loin de la gare en construction. Ils franchirent sans problème le dernier mille, côtelé et sinueux à souhait, qui les séparait du village. Le printemps ruisselait.

La rumeur qu'ils venaient du Bask avait rapidement fait le tour du Blisse. « La femme est taillée au couteau, mais à l'a un œil au beurre noir. Son homme a l'air malcommode ! » disait-on. Joseph Guiral, l'énorme aubergiste du Grand Lac Bleu, convoqua l'assemblée des notables pour discuter de l'accueil qu'il fallait réserver à ces hôtes.

Une foule de curieux vint à l'Auberge du Feu.

— Paraîtrait qu'ils arrivent de la Montagne du Diable, dit Hector Labelle, le musicien de l'auberge, à Dédé Forcier, le sacristain.

— C'est-y des sauvages ?

— Ça m'a tout l'air, répondit-il, en pointant la femme avec son nez frétillant.

Les seins de Fortuna faisaient effet. Le bouton qui manquait à sa robe de coton bleue soulignait l'opulence de sa poitrine. Soudain, le silence se fit dans la salle et le gros Joseph prit la parole.

— On s'est consultés et on est arrivés à l'idée que le Blisse a besoin de colons comme vous. On a décidé de vous prêter des terres, non loin du pays des îles, juste sur les bords du Grand Lac Long. Vous habiterez la maison de Nonie. La vieille est morte sans héritiers. Soyez les bienvenus, mes amis.

Il s'approcha alors de Fortuna.

— Il faut que je vous embrasse, ma petite dame, claironna-t-il, en penchant sa tête vers la jeune femme.

Les grosses lèvres de l'aubergiste ne purent atteindre la figure toute rouge de la Baskongaise, car Maurice plaça son effroyable crâne entre eux.

— Toué, ôte-toué d'là !

— Mon bon Monsieur, dit Joseph, c'est la coutume d'embrasser la femme d'un nouveau colon.

— C'est p't'être ta coutume, mais c'est pas la

mienne !

— Maurice, dit doucement Fortuna, mal à l'aise, en touchant timidement le bras de son mari.

— Toué, tais-toué !

Joseph essaya de nouveau, mais en vain. Faisant volte-face, il lança alors à la ronde :

— De la bière pour tout le monde, c'est ma tournée.

On but en grand. Fortuna prit, malgré elle, le verre que lui donna l'aubergiste, mais Maurice le lui arracha des mains. Il tira sa femme et sortit. Le couple coucha dans l'écurie.

— C'tout un jaloux, le bonhomme, hein, Joseph ! fit Dédé, déclenchant le rire général.

— Tu me l'dis.

2

Le lendemain, Tom Villeneuve, le bras droit de Joseph Guiral, conduisit les deux Baskongais sur la terre à Nonie. L'homme, la femme et leur monture, Alberte, se mirent à l'ouvrage, aidés par les Fortin, leurs voisins. Ils travaillèrent tant qu'on les vit rarement au village du Grand Lac Bleu. Les quelques visites qu'ils y firent furent très courtes. La jeune femme aurait bien aimé s'attarder au magasin général, mais chaque fois Maurice lui intima l'ordre de rentrer illico à la ferme. Ce qui, du reste, fit beaucoup jaser. « C't'une sainte, y la

magane ! » « C'est pas un mari, c'te grand esco-
griffe-là ! » « À peut ben pas avoir d'enfant, y est
sec, vieux, pis laid à part ça ! » « Pauvre Fortuna ! »
Cette dernière expression devint célèbre dans la
vallée.

Par une journée froide d'octobre, contre toute attente, Fortuna Lachance vint seule au village
pour chercher des médicaments. Une forte fièvre
tenait Maurice au lit. « C'est le ciel qui vous envoie, ma petite dame, dit l'aubergiste, en la croi-
sant chez le marchand général, j'vous invite à manger. » Timide, elle n'osa pas refuser. Joseph en
profita pour lui prendre le bras.

L'aubergiste fit le paon pendant tout le repas
de viandes sauvages arrosé d'un gallon de gros
rouge. Il y alla d'une causerie de son cru, sur un
sujet aussi trivial que les saillies d'automne. Les
convives riaient, particulièrement Tom, le bras
droit de Joseph. Fortuna ne sut pas trop quand il
fallait rire ou parler, ce qui ajouta un délicieux
contrepoint à ces agapes servies par Armande, une
petite brune timide qui n'aurait jamais osé contrarier son aubergiste de mari. Fortuna se révéla
tout de même bonne mangeuse de venaison et,
somme toute, une convive aimable. Mais, lorsqu'elle se leva de table, un fait inattendu vint la
bouleverser.

Sa tête docile se figea. Ses grands yeux devinrent inquiets. Elle venait d'apercevoir un objet

mystérieux, que le corps éléphantesque de Joseph Guiral lui avait caché pendant le repas. L'objet reposait sur le manteau de la cheminée qui faisait face aux vastes fenêtres donnant sur le Grand Lac Bleu ; des nuages s'y reflétaient. C'était un miroir à bascule, d'à peine dix pouces de long et de forme ovale, que Joseph aimait appeler sa psyché, malgré la petitesse de l'objet. Elle s'approcha, comme hypnotisée par lui.

— C'est donc vrai ce qu'on dit au sujet de la jalousie des hommes du Bask, ils interdisent le miroir à leur femme ? demanda Tom Villeneuve à Joseph Guiral.

— Paraîtrait que oui, Tom !

Fortuna, qui ne s'était jamais regardée dans un miroir, ne détestait pas ce qu'elle voyait. La psyché avait ceci de particulier qu'elle restituait un reflet non seulement clair, mais agréable. Elle se regarda fixement pendant un long moment, jusqu'à ce que le visage de Joseph apparaisse dans la glace, ce qui la fit sursauter. Elle vint rapidement se rasseoir, troublée par l'expérience.

— Elle vous plaît ? fit Joseph en pointant sa psyché.

Fortuna rougit. Elle accepta, malgré elle, un dernier verre, puis dit d'une voix timorée :

— Je dois partir.

« T'as ben l'air bête, toué ! » fit son mari quand elle rentra.

— C'est pas ma faute, monsieur Guiral, l'aubergiste, m'a invitée à manger.

— Es-tu devenue folle, la femme ? Ton homme qui est malade, pis toué qui s'goinfre ! Attends un peu que j't'apprenne.

— Non, Maurice ! pas ça !

— Tu parles, j'vas me gêner ?

— Non, Maurice ! je t'en prie...

3

Plus d'un mois passa, pendant lequel le vieux Baskongais veilla sur Fortuna comme un Narcisse sur son image. Et si l'innommable jalousie de l'époux angoissa l'épouse, un sentiment aussi fort vint combattre l'anxiété de la jeune femme. Elle brûlait du désir de revoir la psyché de l'aubergiste. Mais, comment échapper à la poigne de Maurice. Elle se chercha des prétextes pour tromper sa vigilance.

— Tu m'caches queuqu'chose, lui dit-il.

— Non !

— J'te dis que tu m'caches queuqu'chose.

— J'te dis que non, Maurice !

— J'vas ben finir par l'apprendre.

La saison se prêtait mal aux sorties : il était tombé beaucoup de neige, et les provisions étaient faites pour l'hiver. Fortuna n'avait pas de raison valable pour justifier une visite au village. Mais, un lundi après-midi de décembre, n'y tenant plus, elle attela Alberte et dit à Maurice qu'elle avait promis à Colette Fortin, sa voisine, d'aller l'aider à filer. Étrangement, le vieux jaloux ne soupçonna rien. Fortuna se rendit à l'auberge.

— Ça cogne, Joseph, le croirais-tu ? fit Tom Villeneuve.

— Qui ça peut ben être ? Va voir.

Les coups résonnaient timidement.

— Tu parles de la belle visite, patron, y a la Baskongaise qui est là !

— Armande, sors le vin de pissenlit.

Des clients attablés observaient la jeune femme.

Fortuna, toute rouge, accepta le verre, mais but à petites gorgées. Toutefois, au bout d'une demi-heure, la crainte et la fatigue avaient laissé place à une gaieté qui devint plus pétillante lorsqu'elle demanda :

— Est plus là ?

— Qui ?

— Votre...

Elle cherchait le mot.

— Ma psyché ? fit l'aubergiste, en souriant aux autres.

— Oui.

— Attendez un peu, j'reviens.

Joseph passa dans la cuisine avec Armande, y demeura un bon moment, puis revint avec un paquet finement enveloppé.

— Tenez, ouvrez, c'est pour vous.

— Pour moi ?

— Oui, je te la donne, dit-il, cette fois en la tutoyant affectueusement et en parlant « sur le très bien ».

Les clients s'approchèrent. Fortuna défit très lentement le joli emballage, plongea les mains dans la boîte, puis ferma les yeux et allongea les bras devant elle. Soudain, elle ouvrit les paupières et, sous les encouragements des buveurs, elle apprivoisa son reflet. Elle passa la main dans sa chevelure pour dégager sa figure. Sa coiffure ne semblait pas la satisfaire. Elle lissa ses longs cheveux noirs, puis elle plaça le miroir près de ses yeux. Elle les regarda longuement, après quoi elle scruta attentivement ses lèvres pulpeuses. Ce faisant, le miroir bascula légèrement, et la jeune femme vit apparaître une poitrine opulente, ce qui la fit sourire.

— C'est pour toi, ma belle, susurra Joseph, en lui caressant la chevelure. Il avait insisté sur le « toi », comme pour marquer toute la noblesse de ses sentiments.

— Je peux vraiment la garder ? demanda naïvement Fortuna, sans abandonner son reflet un seul instant.

— C'est un cadeau. Tu pourras revenir ici tant que tu voudras. Armande, amène-nous à boire, pis toi, Hector, saute su'l'piano, qu'on fête un peu ! dit encore Joseph.

Un air de polka monta des doigts enjoués du musicien. Le gros Joseph enleva Fortuna de sa chaise et la fit virevolter comme une ballerine. La naïve noiraude, aux formes rondes et encore plus désirables à cause d'un deuxième bouton qui manquait à sa robe, n'avait plus qu'un sourire béat sur la figure. Elle dansa, un bras autour de l'énorme taille de l'aubergiste, l'autre accroché à sa psyché qu'elle n'aurait laissée pour rien au monde. Armande les servit sans rien dire.

Pendant ce temps, Maurice se rongeait les sangs au Grand Lac Long. L'heure du souper était arrivée et sa femme n'était toujours pas rentrée. Il courut chez les Fortin. Quand on lui dit qu'on n'avait pas vu Fortuna de l'après-midi, le vieux Baskongais piqua une colère qui résonna jusque dans les Montagnes Joyeuses. « Maudite bâtarde ! » cria-t-il. Il était à ce point enragé qu'il passa chez lui et partit à pied pour le village avec son douze à deux canons bien chargé. À neuf heures du soir, il tirait un coup au plafond de l'auberge. La danse arrêta net. Les notes du pianiste disparurent par les trous qu'avaient ouverts les plombs de chevrotine. Fortuna se blottit dans les bras du gros Joseph. Fou furieux, Maurice arracha sa femme des bras de l'aubergiste, mais, dans sa colère, il ne l'avait pas vue enfouir le miroir dans son corsage.

— Y a Alberte qui t'attend dehors, toué. On rentre chez nous tout de suite.

— Voyons, Maurice ! fit Joseph Guiral avec l'autoritaire force d'inertie que lui donnait sa stature.

— Y a pas de voyons, mon gros maquereau, c'est ma femme, pis à s'en vient avec moué.

— On a pas fini de danser, dit l'aubergiste sur un ton de défi.

— Tu penses ça ? J'ai des p'tites nouvelles pour toué, vociféra l'autre en tirant dans le piano. Finie, la musique !

Les buveurs, très contrariés par la venue de l'intrus, cherchaient maintenant la porte de sortie.

Joseph devint accommodant :

— Soit, dit-il, ramène-la, mais prends-en bien soin, c'est un trésor que tu as là.

— Tu parles, fit l'autre.

Maurice alla rejoindre sa femme dans la sleigh. Fortuna tourna ses yeux tristes vers l'aubergiste, le miroir secrètement serré contre son corps. Ils partirent en flèche.

— Attends qu'on arrive, tu vas en manger toute une ! dit Maurice sur le chemin de la Tour.

Fortuna garda le silence. Elle serra le miroir sur son sein. Ils arrivèrent à minuit.

— Va m'attendre dans chambre, j'détèle Alberte, pis j'arrive. Tu sais c'qui t'reste à faire.

La jeune femme se rendit rapidement dans la chambre, s'empressa de cacher le miroir sous le lit, puis remonta sa robe jusqu'aux fesses et attendit son mari. Il entra, retira sa ceinture, puis frappa sans ménagement. Elle ne dit rien. Fou furieux, il la battit jusqu'à ce qu'elle perde connaissance.

— Ça t'apprendra ! dit-il, en la laissant par terre pour aller dans la cuisine se verser un grand verre de babiche. Il en but même deux, puis il lui cria alors de la table :

— Tu sortiras pu d'la maison, c'est-y clair !

4

Les jours s'écoulèrent, mais le corps de Fortuna ne mit pas beaucoup de temps à se rétablir. Les colères et les excès de Maurice faisaient partie de son quotidien. La femme dut subir de nombreux interrogatoires. Heureusement, elle bénéficia de moments de repos, Maurice devait sortir pour faire du bois et de la clôture. Aussi apprit-elle à aimer petit à petit les instants de solitude. Dès qu'elle le pouvait, elle se confiait à la psyché qu'elle cachait toujours sous le lit.

Au début, elle se contenta de dérober quelques reflets fugaces au fascinant miroir. Elle était inquiète, elle craignait que Maurice ne la surprenne. Chaque fois qu'elle entendait des bruits de pas près de la maison, elle allait remettre la psyché dans sa cachette. Cela dura plusieurs jours, mais, un bon matin, alors que Maurice était parti pour le lointain trécarré du Grand Lac Long, elle entreprit l'examen de son visage, en sorte qu'au moment où il revint pour souper, elle avait appris à s'apprécier un peu plus.

Bientôt, Fortuna profita de toutes les absences de Maurice pour se mirer. Elle mit même des cerises à tremper dans l'eau salée, ce qui lui permit de récolter une pâte, avec laquelle elle se rougit les joues. Elle déroba également du charbon, qu'elle sut bien utiliser. Du rouge cerise aux joues et du noir charbon aux paupières, elle prenait plaisir à se regarder ainsi et, l'enthousiasme aidant, elle se dévêtit pour mieux voir le reste. Lentement, mais sûrement, elle découvrit sa généreuse nature. Comme son homme faisait chantier au bout des terres et qu'il l'enfermait dans la maison, elle vécut enfin.

5

Maurice ne vit pas la transformation de sa femme pour la simple raison qu'elle devint experte dans l'art de défaire le soir ce qu'elle faisait le jour. Et elle ne se montra jamais trop conciliante de manière à ne pas éveiller de soupçon.

La psyché devint une seconde vie pour elle, si bien qu'à force de s'y mirer, elle voulut dépasser les apparences. Son image ne lui suffisant plus, elle chercha désespérément une autre elle-même, et plus elle s'acharna, plus le miroir lui renvoya un regard souriant. Tout se passait comme si elle voyait à la fois ce qu'elle aurait pu être et ce qu'elle allait devenir. Bientôt, elle commença à soliloquer à voix basse. De timide, elle devint entreprenante, puis leste et audacieuse, enfin téméraire et osée. Elle se dit alors des choses effrayantes. Elle rencontrait une vérité profonde.

Au mois de février, presque deux mois, jour pour jour, après que Maurice lui eut interdit de sortir de la maison, sa passion connut une nouvelle flambée, de sorte qu'elle ne put plus se satisfaire du jour, il lui fallut aussi la nuit. La psyché avait en quelque sorte stimulé son esprit. Fortuna avait réussi à apprivoiser l'autre qui était en elle. Comment se débarrasser du gêneur maintenant ? Elle mit au point une technique infaillible. Comme son homme ne détestait pas l'alcool, elle le fit boire, en s'associant aux libations avec les ressources d'une tendresse bien calculée. Elle réussit ainsi à l'amadouer et même à se faire désirer.

— Je t'aime mon pousson, disait-elle, en lui serrant les biceps. T'es fort, t'es beau, puis t'es fin à part ça ! J'te désire !

L'homme prit tant de plaisir à cette nouvelle sollicitation qu'il délaissa progressivement son ouvrage sur la ferme pour se consacrer tout entier aux délices de l'ivresse. Il but jusqu'à en perdre toute autorité. À six heures du matin, Fortuna lui versait un grand verre de gin ; à huit heures, un gobelet de whisky ; à dix heures, il avait la bouche pâteuse ; à midi, il déparlait ; à deux heures, il ronflait ; au souper, elle le ressoûlait.

Maurice se découvrit de l'affection pour sa femme et la désira de plus en plus, mais Fortuna se complut à se laisser désirer. Un jour, elle poussa la témérité au point de lui interdire sa chambre en activant le verrou de l'intérieur. Le vieil homme tenta vainement de lui faire une crise :

— Ouvre-moué, Fortuna ! T'as compris !

— NON !

— Ouvre-moué ! répéta-t-il.

— NON ! répliqua-t-elle plus fort.

— Envoye donc !

— NON ! dit-elle, obstinée.

Plus il baissait le ton, plus elle le montait.

Il se résigna à dormir dorénavant dans la cuisine. Mais il but de plus en plus. Ses réserves de gin, de baboche et de caribou diminuèrent. Bientôt, il eut la bouche pâteuse à longueur de journée. Chaque soir, Fortuna s'enfermait. Il essaya tout pour la ramener à la raison, mais la jeune femme tint bon pendant plusieurs semaines. En revanche, l'esprit de Maurice se consumait.

6

Une nuit, il se réveilla en sursaut. Il entendait sa femme parler. Elle causait comme si elle s'adressait à un homme. Dans son aveugle dépit, le vieil homme courut dehors pour voir s'il n'y avait pas de traces. Il fit tant de pas à gauche et à droite que, bientôt, il confondit ses pas avec ceux d'un hypothétique rival. Il crut alors que sa femme lutinait vraiment un amant. Il rentra. Un sursaut d'énergie lui fit crier :

— Monstre ! Avec qui ? Il me l'faut, sinon j'te tue ! Tu m'entends, Fortuna, sors de là tout de suite ou je brûle la maison !

Elle eut peur et sortit toute nue.

— Où est-ce qu'il est ? dit-il en la tassant brusquement.

— Voyons, Maurice ?

— Sors de là ! cria-t-il à son supposé rival.

Il chercha dans tous les coins de la chambre, il ne trouva rien. Il laissa enfin échapper un soupir de soulagement, lequel fut très court, car lorsqu'il aperçut le miroir que Fortuna n'avait pas pris la précaution d'enfouir sous le matelas, sa colère regrimpa. Il fondit sur sa femme et lui déroba le précieux objet le temps de le dire. Après quoi il vint dans la cuisine et allongea devant lui l'objet dérobé. Ce qui se produisit alors dépasse l'entendement. Maurice était à ce point aigri par le comportement de sa femme et abruti par l'alcool que sa raison s'était transformée. Quand, se penchant au-dessus de la surface polie, il vit apparaître les traits d'un vieil homme aux cheveux blancs, au

nez arqué, à la figure fade, l'indignation monta
en lui. Il explosa.

— Cochonne ! comme ça, c'est avec c'te vieux-
là que tu me trompes, cria-t-il, en désignant sa tête
qu'il voyait toujours dans le miroir. Ça se passera
pas de même !

Fortuna n'en crut pas ses oreilles. Un sourire
lui entrouvrit légèrement les lèvres, puis, progressivement, un rire secoua follement sa bouche.
Elle faillit mourir de rire. Ce qui brisa le mari dé-
finitivement. Tout le ressentiment qu'elle avait
accumulé depuis qu'elle vivait avec lui se libéra.
Dès lors, elle se mit à le mépriser. Et quel mépris !
Elle devint changeante, capricieuse, fantasque,
puis dominatrice. « Va là ! » « Viens ici ! » « Attel-
le ! » « Dételle ! ». Deux semaines après la scène du
miroir, elle arriva à l'auberge, un bon matin, à
dix heures, la robe ajustée, les seins en évidence, la
figure fardée, la bouche sensuelle. Le gros Joseph
Guiral faillit échapper sa tasse de café. La transformation de Fortuna suscitait des picotements
dans son corps.

— Doux Jésus ! quel bon vent t'amène ? fit-il.
— J'ai soif, répondit-elle.
— Ton mari ?
— Il m'attend dehors, avec Alberte.
— C'est pas trop froid, dehors ?
— Je l'ai bien habillé.

La métamorphose de Fortuna rendit Joseph

tout chose. Il le fut encore plus les jours suivants, car elle revint régulièrement à l'auberge. Elle emmena Maurice, à chaque fois, mais, toujours, il resta dehors. Bientôt, il ne l'accompagna plus. « Amène-moué, Fortuna ! » suppliait-il. « Non ! » répondait-elle. « Amène-moué ! » « N O N, Non ! » épelait-elle. Puis, un beau jour, Fortuna arriva seule avec ses bagages.

— Ne me dis pas que tu t'en viens vivre ici ! s'exclama joyeusement le gros Joseph Guiral. Où est ton homme ?

— Je l'ai enterré à matin, dit-elle sans tristesse.

L'aubergiste se tourna vers sa femme :

— Armande, prépare la grande chambre !

7

Fortuna se plut à l'Auberge du Feu. La vie d'hôtel lui convenait. Là, dans le confort, elle continua son apprentissage bourgeois. Elle s'habilla de plus en plus légèrement ; elle se bichonna, se poudra, se maquilla. Les jours passaient et Fortuna était de moins en moins pudique. Un soir qu'elle était particulièrement en forme, elle dit à Joseph : « J'veux un miroir au plafond de ma chambre. » Puis, se tournant vers l'épouse en prenant une pause particulièrement indécente : « Tu s'ras pas jalouse, au moins ? » Armande n'osa même pas protester. Dès lors, Fortuna put parfaire ses caprices spéculaires à partir de son lit. Elle se fit venir de nombreux bijoux et des tenues excitantes : robes, cotillons, jupons, chemises, corsets, qui firent ressortir ses formes. Ses seins transformaient tous les vêtements qu'elle portait. Elle leur donnait vie. Ses mamelles gonflaient, pointaient, palpitaient et faisaient sauter les cœurs. On garantissait aux clients de l'auberge des battements heureux. L'établissement se mit à traiter de bonnes affaires. Joseph plaça des miroirs un peu partout. Bientôt, il n'y eut plus un coin où Fortuna ne pût se contempler à son aise, cela pour la plus grande joie des buveurs. Ils y voyaient une invitation à l'ivresse. Au début, Fortuna prit un plaisir lascif à se regarder devant le monde, mais, avec le temps, son bonheur devint un engouement effronté. Il lui prit même l'envie de se teindre en blonde, ce qui fit sensation. Désormais, les hommes ne parlaient plus que d'elle au Blisse. Les femmes aussi : « C't'une gribiche ! » « Une grigouille ! » « Une greluche ! »

Un groupe de femmes dirigées par Noëlla Labelle consulta le curé Richaud qui accepta, non sans se faire prier, de venir parler à Joseph Guiral. Il vint un lundi matin.

8

— Qu'est-ce que je peux faire pour vous, mon père ? demanda l'aubergiste en le priant de s'asseoir.

— J'ai à vous dire quelque chose de délicat, répondit le prêtre, en s'assoyant face à un grand miroir.

— Dites, je vous en prie.

Le curé serrait nerveusement sa barrette entre ses doigts nobles et grêles.

— J'attends, fit Joseph, de sa grosse voix basse.

— Eh bien, il s'agit de miroir, ou plutôt...

Le curé était confus. Il venait d'apercevoir une femme au visage grimé qui se faisait des moues dans une glace de l'autre côté de la pièce.

— ... il s'agit de cette Fortuna, qui vit dans votre établissement.

Le curé s'était arrêté, il attendait l'aide de l'aubergiste. Ce dernier le regardait, impassible. Ses yeux gris étaient d'une froideur glaciale. L'abbé continua, malgré sa voix hésitante.

— On dit, dans la paroisse, qu'elle est peu fréquentable.

— Et encore ?

— On suggère même que vous l'entretenez, fit le curé, rougi par l'effort.

Joseph Guiral refréna sa colère. Ses yeux fixèrent Fortuna, qui ne semblait nullement impressionnée par la présence du prêtre. Elle lui fit même une grimace. Alors, Joseph regarda le curé et lui répondit en martelant chacun de ses mots.

— POURRAIS-JE SAVOIR EN QUOI ÇA VOUS REGARDE ?

— C'est mon devoir de pasteur.

— SAVEZ-VOUS OÙ JE ME LE METS VOTRE DEVOIR DE PASTEUR ?

— Calmez-vous, mon fils.

— DEHORS, MON PÈRE !

Le prêtre se leva comme sous l'action d'un ressort, sortit prestement une enveloppe d'une poche de sa soutane, la mit sur la table et partit à l'épouvante, non sans jeter un ultime regard à Fortuna. Joseph ouvrit l'enveloppe ; il ne mit pas de temps à comprendre. « Pas ça ! » clama-t-il, en déchirant les feuilles.

C'était une pétition. Il y avait plusieurs dizaines de signatures de femmes et d'hommes, parmi lesquels des maris qu'on avait sans doute forcés à signer. Ce fut le jour le plus triste de Joseph Guiral. Il aimait Fortuna. Il avait à choisir entre la femme et son commerce. On ne lui laissait guère de marge de manœuvre. Il jongla pendant une longue heure, au bout de laquelle le sourire lui revint. Il avait trouvé une solution.

— Tom, dit-il, t'amèneras Fortuna à mon relais du Lac à l'Arche, à soir. Tu me comprends ?

— Parfaitement, fit Tom, le sourire aux lèvres.

9

Deux semaines plus tard, une rumeur courut à l'effet qu'un Petit Canot, c'est-à-dire un bar clandestin, s'était ouvert sur le chemin du Lac à l'Arche, à l'extrémité nord-ouest du pays du Blisse. « Y paraît qu'il y a des miroirs dans place », se disait-on de bouche à oreille.

Il n'en fallut pas plus pour voir croître la circulation dans ce coin de pays. On y acheta plusieurs lots de bois. Des chantiers s'ouvrirent. Des bûcherons vinrent de partout. Fortuna continuait son spectacle spéculaire. C'est en petite tenue qu'elle apparaissait maintenant au Petit Canot. Chaque soir, on venait la voir danser devant ses miroirs. Jamais on ne vit autant de poussière sur les chemins du Blisse. L'hiver suivant, il ne fut pas rare de rencontrer, tard dans la nuit, des traîneaux conduits par des chauffeurs endormis qui rêvaient sans doute aux formes de Fortuna.

La jeune Baskongaise avait perdu maintenant toute sa naïveté. Seule la clarté de son regard, qu'elle rendait aux hommes qui lui plaisaient, rappelait ses origines. En revanche, ses paroles étaient de plus en plus rouées. Elle mettait ses charmes à profit, si bien qu'un an, jour pour jour, après avoir emménagé au Lac à l'Arche, c'est elle qui commandait, avec une verve d'homme, à Joseph qui venait chaque semaine. Elle l'avait mis à sa main, l'aubergiste ne demandait pas mieux. « Où est mon petit cadeau ? » exigeait-elle chaque fois. « Le voilà, ma douce. » Elle déballait en vitesse un paquet que l'aubergiste liait toujours amoureusement pour elle.

Un soir, un sourire lui fendit le visage lorsqu'elle vit apparaître de superbes jarretelles noires. Elle chatouilla la bedaine de Joseph. « Musique, Tom, je reviens dans une petite minute. »

Les bûcherons se frottèrent les mains de plaisir. La bière coula à flots. Soudain, Fortuna rentra triomphalement avec pour unique tenue ses jarretelles, une petite culotte en soie rose et la paume de ses mains en guise de brassière. Elle se plaça devant les miroirs et se mit à danser, excitée par les sifflements des mâles.

— Viens icitte, ma belle minoune ! dit un contremaître.

— Va t'laver, mon gros ours, lui répondit affectueusement Fortuna, en continuant à danser.

— Envoye, ma douce, chus t'en manque, clama un tout petit forestier.

— De quoi ? De cela, mon puceron, fit-elle en se frottant les seins sur la glace, à la hauteur où apparaissait la tête du petit homme.

— Ah, ma catin ! grogna-t-il de joie.

— Catin, mon œil.

Les hommes se tenaient le corps raide, sauf Joseph qui fronça les sourcils. Il avait remarqué quelque chose que les autres n'avaient pas vue, trop occupés par les arabesques érotiques de Fortuna. Quand cette dernière eut fini sa danse, Joseph alla la rejoindre dans sa chambre.

— Depuis quand ? dit-il.

— T'as remarqué ?

— Et comment, j'ai remarqué !

— C'est pour le mois de septembre.

— Qui ?

— Un passant pas mal entreprenant.

— Tu me l'dis !

La nouvelle que la greluche allait donner naissance à un enfant bouleversa le Blisse. « Qui ? » se demanda-t-on autour des nombreux lacs du pays. « Qui ? » Telle devint l'obsédante question.

10

Plusieurs mois plus tard, en septembre, Joseph Guiral annonça la naissance d'une belle petite fille de cinq livres. Ce fut la fête au Lac à l'Arche. Des dizaines de bûcherons présentèrent un cadeau à la petite, que sa mère baptisa Bia. Jamais un enfant du Blisse ne fut plus fêté qu'elle. Les hommes se découvrirent un talent paternel. On conjectura sur l'identité du véritable père. Certains prétendirent que c'était eux, d'autres pointèrent Joseph Guiral. Il y eut des engueulades et même des batailles, mais Fortuna y mit de l'ordre lorsqu'elle ajouta au joli prénom de Bia le nom de Lafortune. Comme il n'y avait pas de Lafortune au Blisse, c'était une façon de faire taire la noise.

Les seins de Fortuna devinrent de véritables objets de culte. Ce n'était plus de l'admiration et du désir qu'on portait à sa poitrine, mais une dévotion. On célébra, des milles à la ronde, les globes laiteux de la jeune mère. Les hommes n'en avaient plus que pour les appétissantes tétines roses que découvraient les robes légères de la nouvelle maman. Fortuna était tellement heureuse d'avoir eu une petite fille, adorée par tous les bûcherons du Blisse, qu'elle décida de récompenser tous les mâles pour leur prévenance. « Convoque-les tous à la grotte du Nombril des Montagnes Joyeuses pour le 30 octobre, c'est le jour de ma fête », ordonna-t-elle, un soir, à Joseph. « Dis-leur que j'aurai pour eux une belle récompense. Mais fais en sorte que les femmes l'apprennent pas. Je m'attends à ce que tu sois discret, Jos ! » Cela dit, elle marcha vers une armoire, l'ouvrit et en sortit un paquet soigneusement emballé. Elle prit une plume et griffonna une adresse, à l'encre verte.

— Tiens, avant que j'oublie, t'iras porter ça au couvent du Blisse.

— Au couvent ? fit Joseph surpris. Qu'est-ce que ça peut être ?

— Ça t'regarde pas, mon gros !

11

Malgré la discrétion de Joseph, toutes les femmes apprirent que Fortuna avait convoqué leurs hommes à la grotte du Nombril des Montagnes Joyeuses. Elles entreprirent alors d'empêcher leurs maris de s'y rendre. « J't'interdis d'y aller, Raymond ! » « Tu restes ici, Armand ! » « Y faudra que tu m'passes su' l'corps, Pierre ! » « Y sera pas dit qu'une vicieuse va venir changer not' vie, Albert ! » « Robert, j'ai un malaise ; je m'sens faible... »

Enfin...

La veille du grand jour, les hommes n'en firent pas moins repasser leur plus belle chemise de chasse. Ils avaient décidé d'aller à la rencontre en habit de circonstance. Aucun mâle ne voulait déroger à l'invitation de la greluche. Il y eut bien quelques accrocs au cours des journées précédentes, mais ils furent tous sévèrement punis. Le pauvre Jean-Eudes en sut quelque chose. Le brave homme avait eu le malheur de forcer sa chance. On ne badine pas avec une telle femme.

12

Le 30 octobre, on arriva très tôt au Nombril des Montagnes Joyeuses. Le petit lac, rond comme un ombilic, brillait comme un miroir. Les hommes venaient de partout. Un immense sourire courait sur les lèvres. Il y avait quelque chose d'érotique dans ce rire. Un sfumato enveloppait les corps excités par le désir. Petit à petit, les bois devinrent sonores, ils s'emplirent de paroles.

— Qu'est-ce qu'elle peut bien nous avoir préparé ? demanda Raymond à Robert.

— Je l'sais pas, mais j'suis certain que ça s'ra pas rien !

— Dans la grotte, à part ça.

— Tout juste !

— R'mercions l'bon Dieu de nous avoir donné c'te greluche-là ! fit Armand sur le point de vider son flacon.

Les hommes burent et parlèrent. Ils chantèrent même des chants de voyageurs. Tout y passa : du moulin qui fait « tiquetiquetaque » à la belle « Françoiselonla ». On aurait dit une sorte d'incantation aux vertus propitiatoires. L'arrivée imminente de la greluche suscita des sifflements. Les mâles roulèrent les lèvres. Alors flotta sur le Nombril le plus merveilleux des airs. La subtilité mâle du Blisse prenait son envol. Les hommes allèrent à l'octave en bombant le torse et en le martelant. À ce moment, on entendit un cri : « À l'arrive ! » Tous se tordirent le cou. Un silence foudroyant se fit. Fortuna, montée sur sa jument Alberte, apparut en bordure du lac. Une longue traînée lumineuse la suivait, comme si le lac avait été un miroir magique irradié de lumière. Elle était vêtue d'un long voile blanc qu'elle portait négligemment sur les épaules, laissant paraître des mamelles si volumineuses qu'elle aurait pu allaiter toutes les âmes du purgatoire. « Foi ! », cria-t-elle. Les hommes jubilèrent. La femme s'avança parmi eux et répéta d'une voix lascive : « Foi ! » On aurait dit une psalmodie. Son corps était d'une blancheur nacrée. Les hommes commencèrent à s'ébrouer et accordèrent leurs voix plaintives à la sienne. Ce fut comme une aria germinale de bas de corps. Bruits de peau et de chair. Le tout sembla cacophonique au début, mais, petit à petit, les voix s'accordèrent, des basses aux ténors, pour célébrer, dans un même souffle, la chair de Fortuna. Cela prit la forme d'une syllabe qu'on eût dite marinée à même les organes sacrés d'un vase canope, tant c'était viscéral. Ce « Hen » devint progressivement « Hein », puis « Haein » dont la diphtongue transporta la force phallique jusqu'au bout de son souffle. Fortuna descendit de sa monture, laissa tomber son voile sous la clameur qui, bientôt, devint un hurlement. Elle montra sa poitrine aux globes luminescents et pulpeux qui valsaient dans l'air purpurin du Nombril. Son visage transfiguré projetait sa félicité laiteuse sur les bûcherons du Blisse. La femme apparaissait dans sa nudité lacustre, blanche, lumineuse, encore plus désirable. Elle entra dans la grotte. Tom se plaça à l'entrée, comme l'aurait fait un guichetier.

Les hommes n'eurent pas besoin de signes pour comprendre. Ils s'avancèrent à la file indienne, et disparurent, chacun leur tour, pendant une minute. À leur sortie, ils n'étaient plus les mêmes. Leur tête semblait sereine, comme si elle avait été soulagée et débarrassée des soucis.

Ils étaient maintenant prêts à revenir à la civilisation pour braver leur femme avec panache. « Qu'est-ce qu'elle t'a fait, Robert ? » « Ma foi, elle t'a passé su' l'corps, Pierre ! » « T'as ben la bouche en cœur, mon Raymond ! » « Armand, maudit vicieux ! » Les femmes voulaient savoir. Le secret fut bien gardé... du moins pendant un certain temps. Car Jean-Eudes, celui que Fortuna avait rabroué la semaine précédente, revanchard, s'ouvrit la trappe :

— La divine gorgée qu'y disent !

— La divine gorgée ! Bâtard, c'est le boute du boute ! firent sa femme et ses belles-sœurs.

Le Petit Canot de l'Arche devint le bar le plus célèbre du pays du Blisse. De grands voyageurs y vinrent incognito faire les honneurs des miroirs. On dit même que Lord Henry D, Gouverneur général du Canada, y passa. Désormais, la greluche était devenue « la Grande Greluche du Lac à l'Arche ». Elle régnait sur le pays.

13

Les années passèrent. Fortuna brûla la chandelle par les deux bouts. En revanche, sa fille Bia grandit en beauté parmi les adultes. Autant la mère se dissolvait dans l'alcool et les plaisirs de la chair, autant la fille réparait ses ravages en reconduisant les victimes du Petit Canot sur le droit chemin. Il n'était pas rare de voir la petite Bia mener, au matin, une charretée d'hommes qui cuvaient leur vin. Partout on l'aimait. Les femmes des bûcherons avaient beau détester Fortuna, elles louaient quand même sa fille. Les enfants l'adoraient. Ils admiraient ses qualités de leader. À grandir parmi les adultes, Bia avait mûri rapidement. À l'école du rang, c'est elle que la maîtresse prenait toujours en exemple. Les enfants cherchaient sa compagnie, ils aimaient sa douce quiétude. Elle inspirait le calme. Elle apprenait vite et bien. Sœur du Bon Pasteur, qui venait spécialement au Lac à l'Arche pour enseigner le catéchisme, s'étonnait chaque fois des hautes qualités morales de l'enfant de la Grande Greluche.

Fortuna dut, de plus en plus, compter sur sa fille. À onze ans, Bia s'occupa toute seule de la maison. Elle préparait les repas pour sa mère et pour Tom. Comme Fortuna restait couchée toute la journée, c'est Bia qui répondait à la porte. Elle recevait les mendiants et les gardait à manger.

Parfois, Fortuna se levait et grognait en disant de les « foutre dehors » ; la petite s'arrangeait toujours pour qu'ils ne repartent pas les mains vides. Chaque soir, avant de se rendre au Petit Canot, Fortuna faisait des recommandations à sa fille : « Tu m'entends, Bia, n'en laisse pas entrer un ! »

Un matin, très tôt, Tom, le tenancier du Petit Canot, courut dire à Bia :

— Viens, suis moué !

— Où ?

— Ta mère a perdu la carte. Embarque.

Ils arrivèrent au bas du grand rocher de l'Arche. Il y avait foule. De nombreux bûcherons y étaient avec leurs femmes et même leurs enfants. Ça criait. « La Grand Greluche est sur la grosse brosse ! » En effet, Fortuna gesticulait au sommet du rocher, sur lequel poussait une maigre épinette. Elle voulait se jeter en bas. Cent pieds de hauteur, avec des roches acérées pour la recevoir. Comment avait-elle fait pour grimper jusque-là, tout le monde se le demandait. La Grande Greluche se tenait d'un bras à son arbre, et elle vociférait :

— J'vas m'tuer.

— Tue-toué, cria un groupe de femmes.

En revanche, les hommes lui enjoignaient de ne pas faire la folle.

— On t'aime, la Grande ! cria un jeune gaillard.

Deux fois, elle glissa, mais deux fois, par miracle, elle se retint à son arbre. La petite Bia ne

disait rien. Elle gardait la même figure calme.
Alors, sans qu'on lui dise quoi que ce soit, elle
monta comme une chèvre en haut du rocher.

— Maman, c'est moi, fit-elle en débouchant au
sommet.

Fortuna crut à une apparition.

— Toi ?

— C'est moi, Bia, ta fille.

— Bia ?

Fortuna dégrisa d'un seul coup.

— Qu'est-ce que tu fais ici ?

— J'suis venue t'chercher.

— Où est-ce qu'on est ?

D'emblée, Fortuna s'aperçut du danger. Alors,
il se produisit quelque chose qui remplit de joie
le cœur des enfants du Lac à l'Arche. Bia se mit à
quatre pattes et descendit devant sa mère pour lui
assurer une protection. La descente fut longue et
ponctuée par les cris des villageois. Quand elles furent au pied du rocher, Fortuna marcha vers Tom :

— J'ai faite une folle de moi, hein ?

Au même moment, tous les enfants entou-
raient sa fille avec admiration.

14

La Grande Greluche poussa si loin son éthy-
lisme qu'elle dut bientôt marcher avec des béquilles. Sa raison n'était plus équilibrée. Elle se

parlait souvent toute seule, ce qui faisait jaser.
« Une vraie honte, est même pu capable de se tenir
deboute », disaient les femmes de l'Arche. « L'alcool, ça mène à la folie. C'est pas le diable qui va
la dessoûler, celle-là ! »

Bia allait avoir treize ans. La veille de son anniversaire, Fortuna, qui ne pouvait plus se pro-
duire au Petit Canot, voulut quand même célébrer sa fille et décida d'aller faire des achats au
magasin général de Magloire Rioux, dans le village du Grand Lac Bleu. La nouvelle se répandit
comme une traînée de poudre, car Fortuna n'était
pas revenue au village depuis son départ, quatorze
ans auparavant.

Une foule de curieux l'attendait. Tous se turent lorsque la mère et la fille entrèrent dans le magasin. Fortuna garda la tête haute. Gloria Rioux,
la femme du commerçant, la reçut, l'air un peu
embarrassé. La Grande Greluche était essoufflée
sur ses béquilles. Elle désigna à Bia un fauteuil où
elle voulait aller s'asseoir. C'était le rayon des vêtements. Il y avait là une glace sur pied.

— Va te choisir ce que tu veux pour ta fête, je
vais t'attendre ici, dit-elle à sa fille, une fois assise.

— Ça ira, maman ?

— Ça ira, dit Fortuna en fermant les yeux. Elle
était très fatiguée.

Bia se dirigea dans la section des articles d'é-
cole. Gloria Rioux la suivit et commença à lui pré-

senter différents objets.

— Qu'est-ce que t'aimerais ?

— Des crayons de couleur, répondit la petite.

— J'ai des beaux *Prismacolor*.

Bia hésitait. C'était cher. Elle aurait aimé dire oui.

Ailleurs, dans le magasin, un murmure circulait. Des bouches féminines chuchotaient.

— T'as vu comme la vicieuse en mène pu large.

— Ouin, tu me l'dis.

— Pis à n'a pu, à part ça !

— Quoi, à n'a pu ?

— Des tétons, c't'affaire !

— C'est ben trop vrai !

— Quand j'pense que mon René m'parle encore de ses sublimes tétines. « Le divin lait ! », qu'y avait dit. Pense donc : tout c'qui pourrait sortir de ses mamelles, astheure, c'est d'la lie de rye à cochon.

Bia était de plus en plus fascinée par les crayons de couleur.

— Je peux ? dit-elle en désignant un beau bleu.

— Bien sûr. Essaye-le sur cette feuille, dit affectueusement la propriétaire à la petite.

La fillette esquissa un bel oiseau en quelques traits, qu'elle coloria immédiatement en jaune. Comme elle s'apprêtait à choisir un autre crayon, un grand éclat de rire traversa le magasin. La petite fille eut un serrement de cœur. Elle leva la tête et regarda dans la direction de sa mère. Mais elle ne pouvait pas la voir d'où elle était. On riait de plus belle. Elle laissa le crayon dans les mains de la magasinière et courut rejoindre sa mère. Elle s'arrêta net. C'était ahurissant. La pauvre Fortuna faisait sonner un téléphone imaginaire. Elle tournait une manivelle invisible en imitant le son d'une cloche avec sa bouche. Bia, toute rouge, s'approcha.

— Maman, les gens te regardent.

— Attends, Bia, y va me répondre, dit Fortuna, en agrippant plus fort son téléphone imaginaire.

— Qui ? demanda la petite, en regardant les gens avec des yeux tristes.

— Allô, Tom... J'suis au magasin général du Blisse, veux-tu des comiques ?

Tous les clients de Magloire éclatèrent de rire. Bia était de plus en plus gênée.

— Les gens te regardent, Maman, ferme le téléphone.

— Quoi, j't'entends mal, Tom... Ça griche... Qu'est-ce que tu dis ? Ah, tu veux pas de comiques !

— Maman ?

— Attends, y a Tom qui m'parle, j'te dis !

Bia attendit un long moment dans le silence impudique du magasin. Les gens regardaient la petite fille aux grands yeux humides. La plupart ne riaient plus maintenant. Seules, quelques bouches de femmes affichaient un sourire en coin, qui tendait à se transformer en rictus. Le spectacle était insoutenable. Une mère alcoolique qui avait perdu la carte et une petite fille aimante qui avait de la peine à voir qu'on se moquait de sa mère.

— Tu veux pas de comiques, mais qu'est-ce que tu veux d'abord ? cria Fortuna dans son téléphone.

— Maman, j't'en prie.

— Des quoi ? J'entends mal, ça griche !

Bia s'approcha de sa mère, et tenta de lui enlever le chimérique appareil. Fortuna résista.

— J'ai pas fini, Bia.

Bia s'entêta et réussit finalement à prendre la main de sa mère. Elle lui enleva le récepteur et le déposa sur son socle imaginaire.

— J'ai parlé à Tom, dit Fortuna, y veut pas de comiques. Il m'a demandé des Arsène Lupin. C'est-y correct ?

— Oui, tout est correct, Maman ! dit la petite, en aidant sa mère à se lever et à reprendre ses béquilles, lançant quelques regards furtifs aux spectateurs de plus en plus mal à l'aise.

Le magasin était complètement silencieux lorsque la mère et la fille sortirent. Les figures étaient interdites. Fortuna et Bia allaient remonter dans la voiture, quand Gloria Rioux rejoignit la petite.

— Tiens, c'est les *Prismacolor*, j't'les donne. C'est pour ta fête, dit-elle, avec un sourire compatissant.

La petite la regarda avec ses beaux grands yeux doux. La marchande venait de lui décrocher la lune.

15

La santé de Fortuna périclita. On fit venir le docteur Garneau.

— Il faudra que tu t'rapproches du Grand Lac Bleu, Fortuna, le Lac à l'Arche, c'est trop loin. J'dois t'voir plus régulièrement. J'ai parlé à Joseph et il veut que tu reviennes t'installer à l'Auberge du Feu.

— Joseph ? demanda-t-elle au docteur.

Tom Villeneuve, le fidèle bras droit de Joseph Guiral, ramena la Grande Greluche à l'Auberge du Feu. Bia tint la main de sa mère pendant tout le voyage. La Grande Greluche portait une robe en velours rouge vif et une mante à capuchon. C'était l'automne. Elle revenait au cœur du Blisse.

— Il y a un homme qui me parle, dit-elle soudainement à sa fille, pendant le trajet.

— Qui est-ce ? demanda la petite Bia, tristement complice, qui, pour rien au monde, n'aurait voulu contrarier sa mère.

— C'est ton père, dit-elle, et il me demande comment tu vas.

— Dis-lui que je vais bien.

— Elle va très bien ! Comment ? Tu veux savoir

si elle sait lire ? Bien sûr que oui ! C'est une jeune fille, maintenant. Elle est même très jolie. Elle dessine bien aussi...

La mère continua longtemps à dialoguer avec elle-même. Bia la laissa faire. Elle lui embrassa les mains. Quand Fortuna les retira pour s'arranger les cheveux, celles-ci étaient toutes mouillées.

Ils franchirent sans problème le col des Montagnes Joyeuses, mais ils furent ralentis par la circulation, non loin du lac Dénommé, à la croisée du chemin qui mène à la presqu'île de l'Ours. On construisait un immense manoir sur le Grand Lac Bleu pour le Gouverneur général, Lord Henry D. Bia suivit avec intérêt le va-et-vient des ouvriers.

16

Ils arrivèrent à l'Auberge du Feu en fin d'après-midi. Joseph et Armande avaient préparé la grande chambre pour Fortuna. « La Grande Greluche est revenue ! Y paraît qu'à n'a pu pour longtemps ! » disait-on partout au Blisse. On se rua vers le célèbre établissement. Toutes les salles de l'auberge se remplirent. On spéculait sur la santé de la femme.

Fortuna connut une première grande crise dès le premier soir. On l'entendit crier d'en bas. C'était si déchirant que les buveurs s'arrêtèrent de boire. Elle était tout en sueur. Elle gesticulait comme une folle. « Jos, y sont là ! » criait-elle.

— Qui ça ?

Joseph lui retenait les bras.

— Jos, y a des loups tout le tour du lit, y vont me mordre. Fais quelque chose !

« À parle de loups », se disait-on, de bouche à oreille, dans les salles.

Fortuna serra les bras de l'aubergiste tellement fort qu'il eut mal, mais il résista. Les cris réveillèrent Bia, qui vint au chevet de sa mère. Tom ne voulut pas que la petite la vît dans cet état. Il refusa de lui ouvrir la porte. Joseph intervint :

— Laisse-la entrer.

— J'ai peur ! cria Fortuna.

Tout le monde en bas retenait son souffle pour mieux entendre ce qui se passait en haut.

— Nous sommes là, dit Joseph. Le docteur va bientôt venir. T'inquiète pas pour les loups, j'vais les battre.

— Qu'est-ce qu'y dit ? demanda-t-on à Hector Labelle, qui s'était placé à la table en dessous de la grande chambre.

— Il dit qu'il va les battre.

— Battre qui ?

— Y veulent me mordre, cria Fortuna.

— J'me laisserai mordre avant toi, fit Joseph, le visage volontaire. On aurait dit un grand chasseur de fauves tant il avait les muscles bandés.

La petite Bia pleurait. Sa mère serrait les bras de l'aubergiste.

— Jos, laisse-les pas monter, je t'en prie !

— Calme-toi, Fortuna, j'suis là, y monteront pas. J'vas te défendre.

— Y vont monter. J'ai peur, Jos ! dit Fortuna en se débattant.

— Maman, c'est moi.

— Jos, y sont montés, j'les ai dans les yeux !

L'aubergiste retint Fortuna de toutes ses forces. Bia mit une compresse sur le front de sa mère. L'atmosphère était tendue à l'extrême. Tout, dans cette chambre, avait pris l'apparence de la déroute.

— Arrache-moi les yeux ! cria-t-elle si fort que toute l'auberge eut un frisson.

17

Un silence de mort régnait sur les buveurs. Toutes les têtes étaient tournées vers le plafond. L'Auberge du Feu n'était plus qu'une immense oreille affligée qui désirait malgré tout entendre la douleur. Alors, il se passa quelque chose d'admirable dans la grande chambre. Armande, celle qu'on forçait à tout faire, celle qui devait répondre aux ordres, la silencieuse, la délaissée, l'humiliée, se pencha sur la Grande Greluche et lui embrassa tendrement les yeux. Fortuna s'apaisa. Une larme perla sur la joue de Joseph, qui regarda sa femme comme s'il la voyait pour la première fois.

Le docteur arriva à minuit et donna tout de suite un calmant à la Grande Greluche. Joseph, Armande, Tom et Bia la veillèrent. La malade ne s'assoupit qu'au matin, la figure enfin sereine.

— Va t'coucher, mon enfant, dit gentiment Joseph à Bia.

— Non, je n'm'endors pas. Je voudrais aller au village.

— Tom, fit Joseph, conduis la petite où elle te dira de l'emmener.

Quelques instants plus tard, Tom et Bia descendaient la côte de l'auberge, longeaient la baie des champs, puis s'arrêtaient devant le couvent. « Ce sera pas long », dit Bia.

La petite fille monta les escaliers et frappa à la porte. Une vieille sœur vint ouvrir.

— Je voudrais voir sœur du Bon Pasteur, demanda la petite.

« Bia ! » dit, quelques secondes plus tard, une grosse religieuse en serrant l'enfant dans ses bras. Bia aimait cette nonne souriante et enthousiaste.

— Maman se meurt ! lui dit-elle.

— Je sais.

— Vous m'avez dit un jour que les religieuses priaient pour les malades, j'aimerais que vous le fassiez pour ma mère.

— Bien sûr, fit sœur du Bon Pasteur, je te promets qu'on va prier. Il faudra que tu sois forte. Entre.

— Non, j'peux pas, on m'attend.

18

Tom reconduisit Bia à l'auberge. Le vent du nord fouettait les eaux du Grand Lac Bleu. Les vagues blanches gémissaient sur les plages, comme des moutons à l'abattoir.

À six heures du soir, ça jasait fort dans les salles. On racontait que la Grande Greluche avait vu des loups. On disait même qu'une louve était montée sur son lit. Les conjectures allaient bon train. Les salles étaient bavardes. Soudain, elles se turent. Une personne qu'on n'avait jamais vue à l'auberge venait d'entrer. On n'en croyait pas ses yeux. Une religieuse se tenait dans l'entrée. C'était sœur du Bon Pasteur. Elle portait un vieux paquet maculé d'encre verte. Joseph Guiral s'avança vers elle. Il regarda le paquet. Ses yeux brillèrent. Il venait de comprendre.

— Elle est en haut, suivez-moi, dit-il.

La religieuse entra dans la chambre. Bia et Armande, qui étaient au chevet de la malade, se levèrent. Lorsque la Grande Greluche vit la grosse religieuse, elle dit :

— J'te connais pas.

— Peut-être, mais moi, je sais qui vous êtes.

— Une femme de mauvaise vie, j'le sais, dit faiblement Fortuna. Elle avait la figure défaite par

la douleur. Ses lèvres et sa langue étaient engour-
dies. Elle transpirait. Ses mains tremblaient.

Sœur du Bon Pasteur s'approcha et lui pré-
senta le paquet.

— Le reconnaissez-vous ?

Fortuna regarda l'objet pendant un moment,
puis, plantant ses yeux dans ceux de la sœur, elle
dit sur un ton direct :

— Tu sais donc.

— Oui ! fit la religieuse d'une voix reconnais-
sante. Ouvrez-le. Cette fois, c'est moi qui y ai mis
quelque chose pour vous.

Bia aida sa mère à l'ouvrir. Il y avait un chapelet à l'intérieur. Il était fait de grains en bois.
Une petite croix dénudée pendait au bout de la
chaînette.

— J'en ai rien à foutre, dit Fortuna.

— Prends-le, maman, dit gentiment la petite.

— Non !

Bia insista. La mère garda le silence pendant
un long moment.

— Accepte-le, maman, j't'en prie.

Fortuna regarda son enfant. Soudain, elle lui
serra les mains, en agrippant les grains du chapelet.

La religieuse redescendit, raccompagnée par
l'aubergiste et Bia. Arrivée dans le hall, elle s'arrêta et regarda la foule silencieuse. Alors, elle parla
fort de façon à ce que tout le monde l'entende :

— La femme qui se meurt en haut passe aux yeux du monde pour une... (elle avait de la difficulté à prononcer le mot)... pour une greluche. Je ne sais pas si elle est vraiment cela, mais ce que je sais, en revanche, c'est que chaque année nous avons reçu un paquet anonyme au couvent. Pas de lettres, pas de signatures, seulement notre adresse écrite à l'encre verte. Chaque fois, il y avait mille dollars dans le paquet pour les pauvres de la paroisse. Le curé a toujours pensé que c'était une bénédiction du ciel. Moi aussi, jusqu'au jour où j'ai découvert qui c'était. Car c'est moi qui compte l'argent dans la communauté, et je suis tombée sur un billet de dix dollars où on avait griffonné : « J'taime, ma belle Grande Greluche ! »

Sœur du Bon Pasteur s'arrêta de parler. Elle essuya une larme. Un tonnerre d'applaudissements se fit entendre. Bia remonta voir sa mère en courant.

— C'est toi qu'on applaudit, Maman ! dit la petite.

Le regard de Fortuna s'illumina. Elle caressa la tête de sa fille, le chapelet entre les doigts. Elle referma ses yeux mouillés.

19

Vers onze heures du soir, Fortuna eut une nouvelle crise.

— Jos, y a une femme au-dessus de moi, à m'parle. Regarde !

Joseph Guiral leva la tête et aperçut Fortuna dans le miroir du plafond. Elle ressemblait à une petite bête terrifiée.

— Qu'est-ce qu'à t'dit ? demanda-t-il.

— À dit que si je perds mon chapelet, à va v'nir me chercher ! Jos, à va v'nir !

— J'vas la guetter, dit Joseph Guiral, en refermant ses grosses mains sur celles de Fortuna.

— C'est qui, ça, Jos ?

— T'inquiète pas, à pourra pas le prendre ton chapelet.

— Tiens-moi les mains, Jos !

Bia s'approcha elle aussi de sa mère.

Pendant ce temps, au couvent, sœur du Bon Pasteur dirigeait une veillée de prières. Les religieuses avaient été réticentes à prier pour cette femme de mauvaise vie, mais la trésorière leur avait fait entendre l'autre voix du Seigneur.

La Grande Greluche du Lac à l'Arche serrait le chapelet. Bia, Joseph, Armande et Tom la veillèrent. Le docteur et le curé arrivèrent dans la nuit. Soudain, au petit matin, Fortuna se leva sur ses coudes, approcha ses lèvres de la tête de son enfant et, dans un suprême effort, murmura :

— Bia ?

— Oui, maman !

Fortuna était exténuée.

— Qu'est-ce qu'il y a, maman ? insista la petite.

— Je t'aime...

Elle retomba, morte.

Il y eut un long moment de silence empreint d'une immense émotion au bout duquel Bia desserra les mains de sa mère : la marque de la croix s'était imprégnée dans les paumes. La petite fille les embrassa avec toute la douceur du monde. Il y avait dans ce baiser la force d'un enfant qui ne juge pas sa mère à l'aune des apparences, un abandon total au-delà de toute contingence, un moment d'intimité amoureuse, ultime quintessence de la liberté filiale.

« Delirium tremens », clama-t-on au Blisse. Étrangement, il ne se trouva pas une voix pour dénigrer ou calomnier la Grande Greluche à ce moment-là. On l'enterra non loin de la tombe de Maurice Sanreflet, son mari, dans le cimetière de la mission des îles. Joseph lui fit sculpter une pierre tombale au milieu de laquelle il fit incruster le miroir de la psyché.

Telle est l'histoire de Fortuna.

Lettre aux lecteurs

Je portais le personnage de Fortuna depuis longtemps. La chimie ravageuse de sa transformation vivait en moi. Je suis heureux de l'avoir enfin mis au monde.

L'infirme Junius et *Fortuna* sont les deux premiers contes romanesques de ma tétralogie blissienne qui comprend quatre cycles constitués de deux contes chacun. Mon voyage blissien est une traversée des apparences qui vous convie à une rencontre de personnages uniques sous le signe du rire et de l'émotion.

Les deux premières « vies » que vous venez de lire doivent beaucoup, par leur structure narrative, à ce que l'enseignement du cinéma m'a appris des pulsions « scopiques » et « invoquantes ». J'ai non seulement accordé une place particulière au regard et à l'espace, mais j'ai également apporté un traitement singulier aux bruits, aux voix, aux sons et, dans un certaine mesure, à la musique. Je devrais plutôt dire à la musicalité de la langue vernaculaire de la Haute-Gatineau. Les Blissiens ont une façon fraternelle de raconter des histoires, mais surtout de jouer avec la puissance des mots. J'ai désiré transporter dans la langue écrite la rondeur et la dramaticité de leurs intonations, de même que la délinquance de leurs expressions.

J'ai voulu vous offrir la langue blissienne. Car, *Blisse*, c'est aussi cette volonté de dire en quoi cette langue qui habite l'oralité du peuple de la Haute-Gatineau propose d'exprimer à sa façon, avec des mots crus et une grammaire buissonnière, l'émotion d'une parole qui prend des libertés avec l'institution. Je désirais que la langue française, subtile et sédentaire, danse le frotti-frotillon avec la langue québécoise, pragmatique et nomade, dont la blissienne est l'une des plus authentiques, née d'une culture de la solidarité et du partage.

Comme c'est le premier cycle de *Blisse*, j'en profite pour évoquer le nom de ceux qui m'ont inspiré cette entreprise : mon épouse Lorraine, mère de nos quatre enfants, Diane, Francis, Sophie-Laurence et Lilimaude, et ma mère Liliane, qui a eu quatre enfants elle aussi. À leur façon, mes quatre cycles font un clin d'œil à ma vie familiale. C'est donc délibérément que je voulais mettre *Blisse* sous le signe des mères, symbolique de la gestation du poète dans une œuvre consacrée à mettre au monde une réalité littéraire alchimique.

Je tiens maintenant à remercier d'une manière toute particulière les Écrits des Hautes-Terres, jeune maison d'édition dynamique. Son éditeur

Pierre Bernier a cru en moi, non seulement en me prodiguant des conseils judicieux, mais encore en m'épaulant d'une manière indéfectible. Le travail d'édition est la partie la plus ombragée du processus de production qui mène à la naissance d'un livre. L'auteur connaît les joies et, parfois même, la béatitude du premier jet. L'éditeur, lui, est comme un gynécologue. Tout au plus peut-il imaginer le plaisir, voire fantasmer sur l'euphorie de son auteur à l'instant même de la conception de son livre. Autrement dit, il est privé des joies de la première scène. Il doit se contenter des plaisirs de la stéthoscopie. Ce qui ne l'empêche pas d'avoir les mains alertes. Il voit de l'extérieur et parfois même de l'intérieur à la santé du futur né. Il diagnostique et prescrit. Un livre n'arrive donc pas seul. Il reçoit différents soins. Tout un personnel de santé s'en occupe.

Il me reste à remercier mon médecin traitant, Pierre Bernier, et son équipe hospitalière : Laurence Bietlot, Jean-Luc Denat, Mario L'Écuyer et Vincent Théberge. Merci aussi à Gaétane Boulais, à Marthe Boulais, à Louise Chicoyne et à Gilles Gallant pour leur lecture vivifiante.

Longue vie à *Blisse* !

Les cycles de *Blisse*

Blisse comprend, originairement, quatre cycles de deux contes chacun :

I. LE CYCLE DES MÈRES [1]

L'infirme Junius

Francis Bernard décide d'écrire la « vie » de Junius, l'infirme qui habite le pont couvert situé près des Montagnes Joyeuses. Ce faisant, il contacte la mère Gaucher, propriétaire du magasin général et grande commère du Blisse. Elle lui raconte que l'infirme a été élevé par la Louve des Îles et lui déconseille de se rendre au pont. Malgré tout, Francis va rencontrer l'Homme-du-pont-couvert. Le choc de sa rencontre l'entraîne dans des péripéties, lesquelles le conduisent à d'émouvantes découvertes.

Fortuna

Cette histoire raconte la vie déroutante d'une jeune femme mal mariée qu'un miroir vient interpeller pour le meilleur et pour le pire. « Ce qu'un miroir peut faire dans une vie ! » disait la Mère

---

1. Une première édition de *Blisse – Le cycle des mères* a paru le 28 décembre 1995 aux Éditions de Lorraine.

Gaucher. Elle n'avait jamais eu autant raison. Toutefois, elle s'était contentée de lire les apparences. Il fallait traverser le miroir. *Fortuna* nous confronte à un univers d'invraisemblances, que l'écriture de l'Instruit rend à la vraisemblance. Un Blisse symbolique, hautement évocateur.

II. LE CYCLE DES AMOUREUSES [1]

La fille de Lord Henry [2]

Il s'agit d'une très belle histoire d'amour entre la fille d'un duc original et un fils du Blisse. Ce conte nous mènera au faîte du pays et à des rebondissements dignes du caractère primesautier des Blissiens. C'est une histoire amusante et romantique, pour ne pas dire sentimentale. *La fille de Lord Henry* nous plonge au cœur de la nature blissienne dans ce qu'elle a de plus vibrant.

---

1. *Blisse — Le cycle des amoureuses* a été publié aux Écrits des Hautes-Terres en janvier 2000.

2. Une première version de *La fille de Lord Henry* a paru en septembre 1996 dans *Frontières vagabondes*, un recueil international de nouvelles réunies par Pierre Bernier pour les Éditions Vents d'Ouest et Erti Éditeur, dans le cadre des Salons des Régions du livre.

L'extase de Laura

L'histoire de Laura Joyhenson est, certainement, la plus édifiante de toutes les histoires blissiennes. Elle est une promesse de résurrection. C'est, en quelque sorte, la découverte intime du Blisse. On pourrait dire que cette histoire d'amour lave toutes les autres de leurs péchés, même si elle aussi se donne, sensuelle et pleine. Bref, ce texte nous convie à un moment de grâce.

III. LE CYCLE DES CONTEURS [1]

Le Joffré de Maître Philias

Sans doute, de tous les textes qui constituent *Blisse*, *Le cycle des conteurs* représente le plus grand défi à la mise en valeur de la parole. Ce cycle est entièrement consacré à la virtuosité des grands conteurs blissiens, dont le célèbre ramoneur, Maître Philias Frémont. Ce Maître ès parole du Blisse a été le mentor de Francis Bernard dit l'Instruit, lorsque ce dernier avait 13 ans. Francis lui doit tout. Ensemble, dans *Le Joffré de Maître*

---

1. *Blisse — Le cycle des conteurs* a été publié aux Écrits des Hautes-Terres en janvier 1999. Une deuxième édition a paru en février 2001.

Philias, ils vivent une aventure peu commune au pays du Bask, d'où ils reviennent avec une histoire exceptionnelle.

Le théâtre de Clevine

S'il y a un destin tragique, dans l'histoire du Blisse, c'est bien celui de Clevine Strotte, un ermite qui conduira Francis Bernard, par la parole, à traverser les apparences. Vous suivrez Clevine sur les routes du Blisse, du chemin d'Edja au village du Grand Lac Bleu, et du village à Orlo. Il vous révélera, à sa façon, une histoire, dans une mise en scène insolite et curieuse, quelque chose comme un théâtre de la cruauté.

IV. LE CYCLE DE L'INSTRUIT [1]

L'extraordinaire secret de Béni Tarantour [2]

Ce texte raconte la première aventure de Francis Bernard dit l'Instruit. Ce dernier tente de résou-

---

1. *Blisse — Le cycle de l'Instruit* a été publié aux Écrits des Hautes-Terres en octobre 2000.

2. Une première version de *L'extraordinaire secret de Béni Tarantour* a été publiée dans *La crise ! Quelles crises ?*, recueil de contes et de nouvelles réunis par Michel-Rémi Lafond pour les Éditions Vents d'Ouest, en 1994.

dre la fameuse « Énigme Béni Tarantour ». Grâce à sa persévérance et, aussi, faut-il l'avouer, à un peu de chance, il trouvera la clé, qui est aussi étonnante qu'extraordinaire. *Blisse* est redevable à cette aventure. *L'extraordinaire secret de Béni Tarantour* est, en somme, son texte fondateur.

La confession de Francis Bernard

Il allait de soi que *Blisse* se termine par une confession, puisqu'il commence par un secret. Cette confession, c'est l'histoire de Francis Bernard, qui vit, lui aussi, une aventure, pendant qu'il écrit son livre. Le couvent, l'église, les îles, une singulière maison de campagne forment le décor de rencontres peu ordinaires, qui débouchent sur un dénouement, sans doute enthousiaste, mais surtout fébrile.

Table des matières

De l'auteur

Hull est une jeune femme [poème-affiche en collaboration avec Pierre Bertrand et Vincent Théberge], Ville de Hull, Hull, 2000.

Blisse — Le cycle de l'Instruit, Écrits des Hautes-Terres, Ripon, 2000.

Blisse — Le cycle des amoureuses, Écrits des Hautes-Terres, Ripon, 2000.

Je t'aime, Abigail ! Écrits des Hautes-Terres, Ripon, 1999.

Blisse — Le cycle des conteurs, Écrits des Hautes-Terres, Ripon, 1999 ; 2ᵉ édition, 2001.

Blisse — Le cycle des mères, Les Éditions de Lorraine, Hull, 1995.

Contes et nouvelles de l'Outaouais, direction, Les Éditions du Vermillon, Ottawa, 1991.

Barrueco, Les Éditions de Lorraine, Hull, 1990.

Le cinéma vécu de l'intérieur, Les Éditions de Lorraine, Hull, 1988.

Tournage avec Pierre Perrault, Les Éditions du Vermillon, Ottawa, 1986.

Je ne connaissais pas l'eau avant de goûter vos larmes [poème-affiche en collaboration avec Pierre Guillaume et Vincent Théberge], Les Éditions du Vermillon, Ottawa, 1986.

Huit poèmes infiniment, collectif, Sept plus un, Hull, 1983.

Outaouais-mars 82, direction, Association des auteurs de l'Outaouais québécois, Hull, 1982.

L'écriture, ce vaste lieu, direction, Association des auteurs de l'Outaouais québécois, Hull, 1981.

Lettres qui n'en sont pas, Les Éditions Asticou, Hull, 1980.

« Anapoema », dans *Parallèles et Convergences*, Collège de l'Outaouais, Hull, 1979.

BLISSE
Le cycle des mères

est le sixième titre de la collection « Bivouac »
et le vingt-cinquième publié par Écrits des Hautes-Terres

Direction littéraire
Pierre Bernier

Direction artistique
Vincent Théberge

Composition et mise en pages
Mario L'Écuyer

Image de marque et couverture
Jean-Luc Denat

Achevé d'imprimer en février 2001
sur les presses de l'**Imprimerie Gauvin limitée**
pour la maison d'édition Écrits des Hautes-Terres

ISBN : 2-922404-23-4

Imprimé à Hull (Québec) Canada